生活周刊 中读 · 文丛

吃和远方

程磊 著

中信出版集团 | 北京

图书在版编目（CIP）数据

吃和远方 / 程磊著. -- 北京：中信出版社，
2019.10
ISBN 978-7-5217-0991-9

Ⅰ. ①吃… Ⅱ. ①程… Ⅲ. ①随笔—作品集—中国—
当代 Ⅳ. ①I267.1

中国版本图书馆 CIP 数据核字（2019）第 188155 号

吃和远方

著　　者：程　磊
出版发行：中信出版集团股份有限公司
（北京市朝阳区惠新东街甲 4 号富盛大厦 2 座　邮编　100029）
承 印 者：北京诚信伟业印刷有限公司

开　　本：880mm×1230mm　1/32　　印　　张：7.75　　字　　数：110 千字
版　　次：2019 年 10 月第 1 版　　印　　次：2019 年 10 月第 1 次印刷
广告经营许可证：京朝工商广字第 8087 号
书　　号：ISBN 978-7-5217-0991-9
定　　价：58.00 元

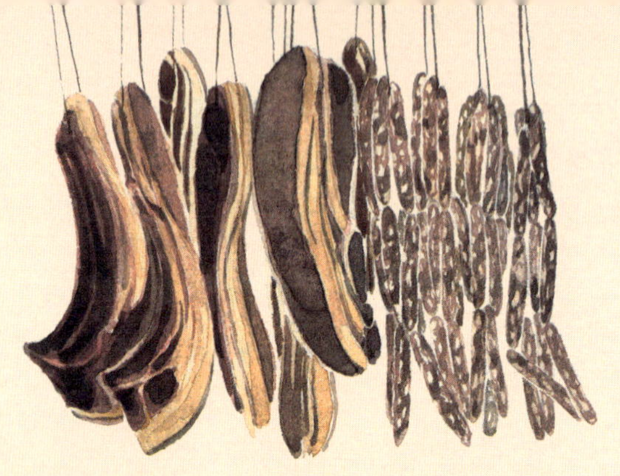

江湖

四季

目录

总序

杂志的极限何在？

这不是有标准答案的问题，而是杂志需要不断拓展的边界。

中国媒体快速发展 20 余年之后，网络尤其智能手机的出现与普及，使得媒体有了新旧之别，也有了转型与融合。这个时候，传统媒体《三联生活周刊》需要检视自己的核心竞争力，同时还要研究如何持续。

这本杂志的极限，其实也是“他”的日常，是记者完成了 90% 以上的内容生产。这有多不易，我们的同行，现在与未来，都可各自掂量。

这些日益成熟的创造力，下一个有待突破的边界在哪里？

新的方向，在两个方面展开：

其一，作为杂志，能够对自己所处的时代提出什么样的真问题。

有文化属性与思想含量的杂志，重要的价值，是“他”的时代感与问题意识。在此导向之下，记者将他们各自寻找到的答案，创造出一篇一篇文章，刊发于杂志。

其二，设立什么样的标准，来选择记者创造的内容。

杂志刊发，是一个结果，这个过程指向，《三联生活周刊》期待那些生产出来的内容，能够被称为知识。以此而论，杂志的发表不是终点，这些文章，能否发展成一本一本的书籍，才是检验。新的极限在此！挑战在此！

书籍才是杂志记者内容生产的归属，源自《三联生活周刊》一次自我发现。2005 年，周刊的抗战胜利系列封面报道获得广泛关注，我们发现，《三联生活周刊》所擅不是速度，而是深度。这本杂志的基因是学术与出版，而非传媒。速度与深度，是两条不同的赛道，深度追求，最终必将导向知识的生产。当然，这不是一个自发的结果，而是意识与使命的自我建构，以及需要持之以恒的努力。

生产知识，对于一本有着学术基因，同时内容主要由自己记者创造的杂志来说，似乎很自然。我们需要的，是建立一套有效率的杂志内容选择、编辑的出版转换系统。但是，新媒体来临，杂志正在发生的蜕变与升级，能够持续并匹配这个新时代吗？

我们的“中读”App，选择在内容升级的轨道上，研发出第一款音频产品——“我们为什么爱宋朝”。这是一条由杂志封面故事、图书、音频节目再结集成书、视频的系列产品链，也是一条艰难的创新道路，所幸，我们走通了。此后，我们的音频课，基本遵循音频–图书联合产品的生产之道。很显然，所谓新媒体，不会也不应当拒绝升级的内容。由此，杂志自身的发展与演化，自然而协调地延伸至新媒体产品生产。这一过程，结出的果实，便是我们的“三联生活周刊”与“中读”文丛。

杂志还有中读的内容，变成了一本一本图书，它们是否就等同创造了知识？

这需要时间，以及更多的人来验证，答案在未来……

李鸿谷

乡愁

黯然销魂臭鳜鱼

两个吃货搞对象，很多记忆的时间线，似乎都连着一份吃食。

“你还记得在重庆吃铁匠火锅那次吗？”

“光明桥那家特好吃的干锅鸭头，旁边卖鸡蛋灌饼的老奶奶有印象吗？”

“黄山吃臭鳜鱼那次，那小两口还记得吗？”

是的，那是一条令人印象深刻的臭鳜鱼。

2004 年黄山的屯溪老街，远没有现在热闹，店铺到了晚上 10 点客人基本就稀稀拉拉了。属于城市另一种生存形态的露天排档开始陆续冒了出来，都是躲避城管的营生。我们选的这家排档刚开始营业，经营排档的小夫妻，一边整理，一边压低着声音吵架。说是吵，其实男的基本没有回嘴，女的说着说着没一会儿哭了起来，哭着哭着抬头看到我们，马上擦干眼泪盈着笑脸招呼问吃点什么。不禁让人唏嘘，这样苦的爱情，也是铁了心要过一辈子的。

应该没有受到情绪的影响，寡言少语的小伙做的那条 1 斤半的

雾海鳜鱼

臭鳜鱼一点也不含糊。在十多年前，花 68 元点一份这样陌生的菜，有点孤注一掷。但没想到臭鳜鱼原来是这般好吃，我们吃得很专注，就像电视剧《人鱼小姐》里马玛林说的："两个人吃，死一个都不知道！"

女朋友跟老板娘说，"你老公手艺真好"，老板娘容光焕发，略带羞涩，让人很难和之前哭的她联系起来。我问小哥："弄臭了还这么好吃是什么道理？"小哥龇着牙笑着说："堕落是为了飞翔。"

就这样，这条堕落的臭鳜鱼，打开了我味觉的一个全新维度，也生成了很多记忆。

外地人到徽州，爬爬黄山，看看牌坊和祠堂，还得吃几个徽州菜，才算是不虚此行。时尚的酒楼，怀古的食肆，村边的小店，偷偷摸摸的排档，都将"臭鳜鱼"作为隆重推出的招牌菜。当它被款款端上来时，总有食客会因其臭而掩鼻或皱眉，而主人照例是要说一段故事的。

都是些枝枝蔓蔓的花絮、逸闻，大众版本大抵如此：二百多年前，沿江的贵池、铜陵一带的鱼贩子将鳜鱼运至徽州，途中为防止鲜鱼变质，商人将鳜鱼两面涂上盐巴，放在木桶中运输。抵达徽州之后，鱼已经发出了怪味，然而商人们又舍不得丢掉，于是将鱼洗净，热油细火烹调后，竟成了鲜香无比的佳肴并流传开来，成了一道"臭"名远扬的徽州名菜。

臭鳜鱼貌似一种民间粗鄙化饮食，却隐含着食不厌精的另一种高级形式。最初食臭鱼多是无奈之举，其实也代表了彼时的生活态度：即便变质也不立即扔掉，是节俭；想方设法地化腐朽为神奇，探索出丰富的味道，是对生活的不马虎。

《太平广记》中详细记载着臭鱼的做法："当六月七月盛热之时，取鮸鱼长二尺许，去鳞净洗。……满腹内纳盐竟，即以末盐封周遍，厚数寸。经宿，乃以水净洗。日则曝，夜则收还。安平板上，又以板置石压之。明日又晒，夜还压。如此五六日，干，即纳干瓷瓮，封口。经二十日出之……味美于石首含肚。"

徽州臭鳜鱼的"酿造"与之相似：取一斤半左右的鲜鱼，净身抹精盐腌渍，一层一层码进木桶，压上青石或鹅卵石，在 25 摄氏度左右且通风的室内环境中腌渍，夏天腌渍两三天，冬天腌渍七八天；还要每天上下翻动鱼身，确保腌渍均匀。腌制的时间无法标准化，要根据鱼的大小、当时的气温来决定。

很多时候，香和臭只有一线之隔。很多臭味在稀释很多倍之后，产生的就是香味。有些香气浓度超高后，气味会比一般的臭气还难闻，比如狭小的电梯里遇到喷了很多香水的女子。但臭鳜鱼并非以追求臭为己任，它在腌制过程中被石头压住、充分发酵的同时，腥味也随着水分渗出，鲜味的集中度更高，鱼肉更加紧实弹韧。

和臭豆腐相比，虽然二者产生臭味的物质不同，但原理是一样的：发酵过程中，食物中的蛋白质被微生物分解，产生有鲜味的氨基酸，比如谷氨酸，正是它们使食物变得鲜美可口。而在乳酸菌、葡萄球菌和酵母菌的作用下，鱼肉也变得更加鲜嫩爽滑。而产生臭味的物质，多以挥发性气体的形式存在，因此在烹饪的过程中，大部分的臭味物质可能都挥发掉了，“闻着臭，吃着香”，由此而来。

好吃的臭鳜鱼，取料鲜活是第一要义，同时，以春天的鳜鱼为佳。“桃花流水鳜鱼肥”，徽州山区桃花盛开时，雨水连绵，溪水上涨，鳜鱼跃出石隙，活跃在水草丰茂的浅水中，追食丰盛的鱼虾，此时鳜鱼比其他鱼类更为肥美。它的食性有点像豹子，靠伪装和速度冲出去捕食，极强的爆发力锻炼了它不失韧性的肌肉。经过一个春天的“大吃大喝”，鳜鱼体内积蓄的营养开始向性腺转移，繁殖季节开始，其肉质便不如清明前后了。

家常烧制臭鳜鱼门槛不高，入油锅略煎，配上其他辅材红烧收汁，一道臭鳜鱼就做好了。原料鲜活、腌制得法的臭鳜鱼，筷子顺着鱼脊戳下去，片鳞状的脉络清晰可见，肉质坚挺，筷子稍稍用力便如花瓣一样散开，呈蒜瓣状，能大块夹起。鱼肉呈玉色，吃到嘴里，先是微臭，继而鲜、嫩、爽，余香满口。此时，呷两口六安瓜片茶，神清气爽，周身通泰。

臭鳜鱼并非安徽独有，湘、赣、鄂等省亦有，比如湖南，臭鳜鱼多以锅仔的方式上桌，少许洋葱丝垫底，配以鲜辣椒，做成干锅，鳜鱼多是小条的，煎得两面焦黄，汤汁多油，滋滋作响。热气蒸腾上来，鲜辣风味掩盖了臭，让人吃得满头大汗。

我更喜欢安徽的烧制手法。徽菜就像是被禁锢在皖南群山中的老神仙，传统又老派，重色重火功，固守着祖祖辈辈传下来的味道。本就烧炖居多，又擅理山珍河鲜。做好的臭鳜鱼端端正正一大条，外皮软嫩，不见火力，汤汁浓稠，除了少量顺应口味的葱和辣椒，整体不急不躁，突出的是原本的鲜香。

臭鳜鱼的技法花样不多，红烧的，干烧的，油淋的，酱香的，多以“炖”为主。2011 年，绩溪的老师傅专门为我清蒸过一条二斤的臭鳜鱼，复刻了最初的惊艳。

烹饪中最难做的菜往往都是看起来特别简单的菜，比如清蒸、白灼，定格最佳口感就在分秒之间，容错性低，靠的是经验、功力，无法取巧。绩溪老师傅为我做的这条清蒸臭鳜鱼就极为讲究，把鱼翻过来，A、B 两面的表皮并无二致，说明鱼是架起来蒸的，也许是将姜切成了条块状，蒸的时候垫在了鱼身子下面。我们在家蒸鱼，大多直接放盘子里，实际的效果是，朝上的一面已经开始受到蒸汽影响时，底部的盘子才刚开始热身，最终受热不均匀导致 A、B 两面是两种不同口感。

入味和均匀入味是两个标准，要达到均匀入味，除了对时间、火候的掌握，刀法也很重要。“牡丹刀”是技术活：斜着刀从鱼身切进去，至鱼的主心骨后再沿着主心骨推两厘米。一经受热，下过“牡丹刀”的鱼肉就会自然卷起来，蒸的时候受热便会很均匀。

在蒸熟的鱼上直接淋上豉汁酱油是最简单的做法，铺上葱丝也只是为了拍照好看。这条鱼所用的葱油是现熬的，酱油被倒入其中混合

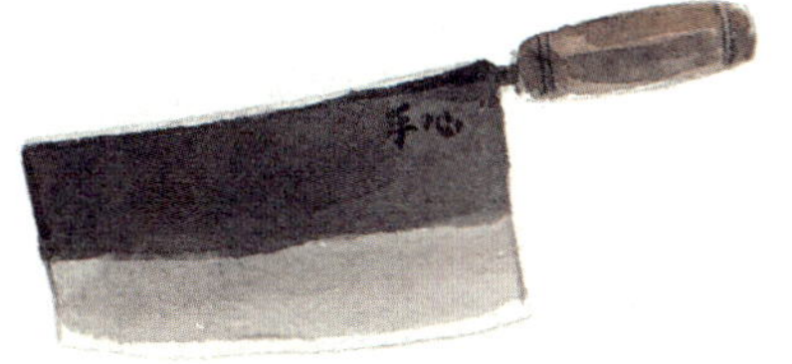

—菜刀—

成热的汤汁浇上去。鱼被端上来的时候，数米开外都能闻到熟葱的香味，未近桌前，食欲已大振。

河鱼要靠动物脂肪提升鱼肉的鲜美，臭鳜鱼更是如此，猪油还能一定程度上调和“闻起来臭”的问题。大师傅告诉我，他用的是一张猪油网（肠或胃上的薄膜），这张网像白雪一般覆在鱼身，油脂在蒸汽中缓缓浸入鱼的身体，令人拍案叫绝。

那天，我为此发了条朋友圈，她留言问我：“黄山吃臭鳜鱼那次，那小两口还记得吗？”其实，后来的我们，再也未在一起吃过臭鳜鱼，彼此交流也不多。只是，作为臭鳜鱼爱好者的我们，在她普及野生臭鳜鱼的嘴唇是“地包天”时，我会点个赞；我晒一盘臭鳜鱼时，她会冒出来鼓个掌。

十年过去了，这玩意儿就这样联系着两个人生交叉过的过客。气若游丝，黯然销魂，如梦如幻，臭鳜鱼。

灵魂出窍吃蚕蛹

我特别好奇人们对蚕蛹念念不忘的嗨点究竟在哪里。

我第一次吃蚕蛹，是在东北老丈人家，初次和夫人家一众亲戚吃饭。我在众目睽睽之下，面对被称为当地特色的蚕蛹，无论怎么纠结的内心戏也不能流露于色，不能被小瞧，不能留下不给面子的印象，所以战略上必须吃一口。

对我而言，蚕蛹是那种一口下去会自带特效——身边两只黑蝙蝠飞过的暗黑食材。放到嘴里之后，我的脑子里迅速闪过盘古开天辟地、女娲补天，然后是门捷列夫元素周期表，总而言之是一种灵魂出窍的感觉。然而，想这些并没有用，彼时，我周围是长辈们放光的眼睛，来自四面八方的“好吃吗”“多吃点”。相顾无言，唯有泪千行。

难吃吗？当然不是，屏蔽掉蚕蛹的形态细细回味，其实就是一口丰富而直接的蛋白质味道而已。作为一个从小就翻墙刨土、抓虾摸鱼，经常徒手抓毛毛虫、癞蛤蟆吓唬女同学的熊孩子，我小时候将捉来的蚱蜢、蜻蜓拿小签子串起来烤了吃，亦是常有的事。但儿时的无知无畏并不意味着成年以后对暗黑食材会拥有很高的耐受性。我抵触蚕蛹，大概和抵触猪脑花一样，不是因为味道，而是因为外表。

在赵本山的故乡铁岭，人们把蚕蛹叫作“东歪歪、西歪歪”。某个冬日的清晨，龙首山下的早市，菜商用塑料布围起来一个个暖棚来抵御冬季的寒风，那一天，老远就看见一个暖棚码着的黑点，一开始我还以为是荸荠，兴冲冲地跑过去贴近了一看，不是荸荠不说，码得齐整的蚕蛹居然动了，在暖黄色灯光的照射下齐刷刷地摇头晃脑，瞬间我便理解了“东歪歪、西歪歪”的含义。惊魂未定时，耳畔响起了老板咒语般的提问：“嗷嗷有意思吧，有没有阅兵的感觉？”

比起吃蚕蛹，挖掘人们为何会爱蚕蛹，我更有兴致一些。蚕蛹，最开始的形态就是蚕宝宝，但不是“春蚕到死丝方尽”的桑蚕。桑蚕分布在长江流域，室内饲养，食桑叶。食用的蚕蛹一般都是柞蚕，在比较寒冷的北方山区柞树林中生长，属野蚕种类，食柞树叶。虽然都为丝绸类产品提供原料，但桑蚕蛹比柞蚕蛹小得多，在“肉坨”程度上，更是拍马难及。很多人因为蚕和蝉的发音接近而以为是吃“知了”的蛹，山东地区确实吃这个，很多地市称为“知了猴”。和蚕蛹、蜂蛹一样，在物质匮乏时期，它既是补充蛋白质的渠道，也是零食。

蚕吐丝结茧后要经过 4 天左右变成蛹，故蚕蛹是指茧里会动的物体。经过 13 天左右，蛹体开始变软，很快就会变成蛾。所以蚕蛹是蚕变蛾的中间过程，据说这也是营养价值最高的时候。炒、煸、炸、烤，是蚕蛹做法的“四大天王”，煮和卤，也算常见。据好这口的吃货介绍，吃蚕蛹追求的就是一口咬下去，里面的蛋白质全部爆发出来的感觉。而所有做法中，以对半切开，干煸为佳，表皮香脆且回味无穷。

每年，东北本地新闻总会看到类似的消息：“市民刘女士买了200 元的带壳的蚕蛹，本打算放在家里慢慢享用。几天过后，她却发现存放于柜子里的蚕蛹变成了蛾子，飞走了”，这正是人们在追求茧内蚕变蛾过程中那恰到好处的“肥美”所付出的代价：煮熟的鸭子飞了的现实版。

蚕宝宝幼虫在转化到蚕蛹时会把体内器官溶解掉，术语为“全变态”，蚕蛹体内就是蛋白质和脂肪的混合体。杭州蚕蛹爱好者的经验是，蚕蛹必须吃东北产的，本地蚕蛹个头太小，食之无味。那么，它到底是什么味？

辽宁因盛产柞树从而决定了蚕蛹的产量，其中，丹东是主力。丹东地区放养柞蚕有近 300 年的历史，开埠之前，蚕民家庭土法缫丝，光绪年间，丹东开埠通商，丝茧购销开始专营，规模渐盛。20 世纪 60 年代，丹东甚至是全国最大的柞蚕放养区，是全国柞蚕丝绸外贸出口供货基地和研究中心，在形成完整的丝绸工业体系的同时，大量的蚕蛹上了东北人民的餐桌。

有一组数据：仅辽宁，每年的蚕茧产量都有 55000 吨，其中用于生产蚕丝的占 10%，另外 90% 的蚕蛹产量都用于食用，即使这样，市场上的蚕蛹仍然处于供不应求的局面。蚕蛹在全国各地都不乏爱好者，但唯独在东北地区盛行，和主要在西南地区盛行的猪脑花一样，这些食物一旦走出自己的那片领地，爱好者就稀稀拉拉了。

20 世纪 60 年代，两毛钱一簸箕，蚕蛹进入了本就匮乏的食材市场，地方饮食习惯由此养成，继而扩大至全省。丹东有很多早年因闯关东而来的山东移民，到了其后辈的家庭，饮食习惯也多有传承，山东人吃蚕蛹，恐怕和这多少也有一些关系。

会挑蚕蛹的人往往会在菜市场获得令人羡慕的尊敬，精于此道的东北大嫂，会语气笃定且中气十足地说：“来两斤黄的、白点。”短短几个字，蚕蛹卖家就知道，这是行家，怠慢不得。临近摊位的其他买手若目睹这一幕，会好奇地围拢过来，纷纷请教何为黄，何为白点。

蚕蛹分黄色和黑色，其实是处于不同的发育期，据说黄色的比黑色的营养价值高一些，价格也要每斤贵几块钱。按照饲养行家的介绍，自然化蛹的体色基本都为黑色，已吐丝营茧但未化蛹的柞蚕通过人为的改变化蛹环境条件可得到黄色蛹。而至于新鲜程度的判断，除了能否东歪歪、西歪歪，也要看蚕蛹的屁股有没有露出小白点，若是黑点，就是劣质蚕蛹。

当一个植根于社区的菜市场中有越来越多的买手知晓挑蚕蛹的个中奥妙时，蚕蛹卖家就会开始用纸板写上如“黑话”一般的几行字立于摊位旁：“通远堡、黄蛹、大茧”，标识出大家认可的产地、成色以博得共鸣。看到这样的“黑话”时，也就意味着这个菜市场的周边社区里，不乏对蚕蛹是真爱的人们。

有一种更能体现精神抗压性的吃法，是在蚕变成蛹之前的状态便下肚。这是人们熟悉认知中的小蚕宝宝的升级版：更粗，更大，像一条绿色的毛毛虫，身上有硬毛，但不会蜇人。吃的方法也较为粗暴，要去头，挤出内脏，再剁碎，加鸡蛋炒。

这有点像在连云港吃以汲取黄豆叶上的精华为生的豆丹，即大豆虫，这也是种令人无法直视的绿虫子。将虫子焯好水后先揪掉头，用擀面杖把里面的肉浆擀出来，虫皮丢掉，擀出来的豆丹肉青中带白，中间会有一块淡黄色的油，宛如碧玉。豆丹烧白菜、烧豆腐，味道十分鲜美。过冬后的豆丹是最佳食用时间，因为经过冬天的蛰伏，虫肚里已没有杂物，只有蛋白质。

丰富的营养可能是这类暗黑食材得以持续受欢迎的主要因素吧。蚕蛹体内含蛋白质 56%、脂肪 28%，可用来榨油、制酱油、味精，是不可多得的原料。北魏时期的吃货宝典《齐民要术》里提到："以蚕蛹御宴客"，书里虽指出了这是北魏时期黄河中下游地区的待客习俗，但却没有说到为何珍贵。后来的《本草纲目》则解释得很清楚："蚕蛹味咸辛、性平、无毒，人食可强身健身，入药可医多病，能补气养血、强腰壮肾、滋肺润肠。"

所以东北本地人常说："5 个蚕蛹相当于 1 个鸡蛋。"民间亦流传着治疗肺结核的偏方，是以蚕蛹为主材：活蚕蛹用火焙干研成细末，每次用 3~5 克，一日 2 次。不知真假。在现代科学领域，日本等国家已发现蚕蛹中含有一种广谱免疫物质，并从中提取了 α–干扰素，临床用于抗癌治疗。

这对于克服食用这类惊悚之物时的心理障碍的帮助算是聊胜于无吧，鼓起勇气吃的时候仍要想方设法忘记它生前的样子。不得不吃时，会莫名地有一股英勇就义的悲壮感油然而生。我坚持认为，接纳暗黑食材，足可视为一种生命体验。

我本以为我与蚕蛹这辈子不再相见，但在前年，和儿子去东北他姥姥家过年，孩子却爱吃得很，遵从我们“喜欢的东西要分享”的教诲，儿子亲手喂来蚕蛹，热情得完全不给我喘息的机会，一个接一个地喂，他自己也是一个接一个地吃。这一刻，儿子身体里东北人的基因完胜湖北人。而经此一役，我歧视蚕蛹的毛病居然也治好了，且不再有灵魂出窍之感。

天若有情 亦爱烧烤

上次几个大学同学凑在一起撸串，已是十几年前。久别重逢后的消夜，一切都很完美。4 个中年大叔边吃边扯，勾肩搭背，八卦秘辛，污言秽语，逍遥自在。略有遗憾的是，我们在 19 摄氏度的户外和徐徐凉风中努力抓住夏天的尾巴。

汉口万松园劲松小路那家简陋得甚至有些“脏”的烧烤小店，是老饕们口口相传的好店，烤的腰片和肉筋那是一绝。如果味道好，环境不尽如人意是可以接受的。最完美的撸串环境是什么？夏天，夜晚，室外，矮桌矮凳，冰啤酒，光膀子，对的人，对的味。哪个江湖儿女对夏天撸串不垂涎三尺，哪个霸道总裁不心怀纵情撸串的小幻想？每年要是没吃过五六七八顿烧烤，都不好意思说自己过了夏天。

我们说一句话就撸一口爆汁的切片猪腰子，再撸一串劲道弹牙的肉筋喝一杯酒，无须筷子，不戴手套，两根手指头一伸，拿起就撸，凉了就喊“给热一热”。这才是江湖儿女策马奔腾快意人生。撸串撸的不仅仅是肉，更重要的是气氛。那是一种势不可当，任何难题都必

— 路边撸串 —

定能迎刃而解的感觉。在炎热与冰凉的激情交替中，你找到了自己的节奏，觉得自己处于最好的状态。况且，它还那么好吃。

烧烤应该是对远古生活的一种神秘追忆。我们的祖先，冒着分分钟挂掉的危险，打来一两只猎物，架火烧烤，大块吃肉。作为人类的第一种乃至第一口熟食，这种带有明显原始饮食文化痕迹的烹饪方式，已深深地烙在了人类的灵魂中。以至于现代社会中“致癌”“高脂高热量”的说法，仍无法阻挡人们的热情。面对烧烤时，倪匡说的那句话显得豪气干云：“人生学识，皆由老人和前辈处传来，既然知道结局，不如放怀畅饮，管他什么胆固醇，什么亚硝胺，烈酒又何妨，猪油又何妨！”

去年在成都，凌晨一点我下楼觅食，这时的成都，除了没有理发师的闪烁着暧昧的光的美发店，就是烧烤摊了。我找了一家烧烤摊坐下，隔壁大圆桌，6位大叔酒过三巡，“川普”响彻塑料棚，估计是毕业后重逢的同学。“大哥，点首歌吧。”一位唱歌小妹怀抱吉他走到他们跟前。月光底下无新事，“多少人曾爱慕你年轻时的容颜，可知谁愿承受岁月无情的变迁……”，这群人拍手、合唱、叫好、哭，甚至把小妹的话筒扯过来自己唱，然后付钱，落幕。几分钟后，又来个拉二胡的，刚才那一幕再次上演。刚抹完眼泪的几位，继续在一曲《真心英雄》中飙泪，同时还没忘伸手拈了一根肉串撸两口。目睹了全过程的无聊的我，如同看了一场人生某段经历的回放，此情此景无比亲切。

烧烤摊就是舞台，上演的都是以掏心掏肺为主题的行为艺术，全国都差不多。光着膀子吹了几瓶啤酒，心底的话说出来：老婆不体贴，怀才不遇，领导够“二”，老子天下无敌，能认识哥儿几个三生有幸，以及各种当年勇。

这个舞台上，南北两地则是两种文化。在“撸串”这个词风靡之前，人们把这种用木炭直接加热食物的行为叫作“吃烧烤”。中部与西南地区基本不说撸串，这几乎是京津冀地区的专利。但东北的叫法是：“整点儿串。”简单粗暴，气势恢宏又轻描淡写，让人无法拒绝。烧烤在东北有着至高无上的地位，《乡村爱情故事》里的赵四说过，世界上没有什么事情是一顿烧烤解决不了的，如果有，那就两顿。它的含义等同于默认了彼此是自己人。

“整点儿串”经常在这样的场景出现：久违的哥们重逢见面，或和新认识的老妹儿聊上了道儿，都会在谈话的末尾，装模作样地看一眼时间，故作惊讶状：“呀，这么晚了，不行出去整点儿串吧！”

每一场深夜酣畅撸串之旅，总要伴随着痛哭与欢笑。譬如感情问题，谁又谈了，谁又散了，两口子又闹幺蛾子了，或者发现自己独自苦闷时，就会招呼几个人去吃上一顿。在强烈的感情问题面前，他们常常选择用饮酒和进食这些更原始的冲动去掩盖它们，好似一切苦闷和不顺心都会在杯子的碰撞声还有满布香辛料的烧烤中被消化掉。

在东北海鲜烧烤大排档，你也一定能看到这样一桌：三五男人光着膀子，身上文个虾爬子，一人踩着一箱老雪花，大声扯淡吹牛，透着一股老子上天入地都横着走的气质，以至于每个空气分子里都飘着大腰子味和“你瞅啥”的亲切问候。

中国人的夜生活几乎就是烧烤生活，荷尔蒙的味道当然也会飘荡在每一个烧烤摊的上空，塑料凳子、啤酒瓶子，是最顺手的青春。这就是撸串，除了肉筋、腰子、毛豆、烤蒜，还有意淫江湖里的快意恩仇、烈酒折凳。

光豪气干云是不够的，对口味的追求仍是爱烧烤人必须具备的审美。食材新鲜自然毋庸置疑，更关键的，美拉德反应构成了烧烤的风味之一。炭火最外面温度高，且向内逐层递减，当食材外部美拉德反应完成的时候，内部差不多半熟，这就达到了烧烤好吃的先决条件。另外，炭火烧烤的风味来自于烟，食材上的油脂和部分细小的蛋白质掉入炭火中产生烟，烟升起来后附着在食物上，肉类含有很多蛋白质，这些大分子的蛋白质会被热解为多肽，继而分解为小分子的氨基酸，由此增添了肉类的鲜味。

烧烤师傅的功底在于火候的拿捏和下料的时机。烧烤的过程会让孜然失去青草味，继而一种坚果的香气被释放出来。而辣椒则给我们带来欢愉，它的秘密在于不是一种味觉，而是痛觉，如同人们喜欢紧张刺激的过山车一样。人们喜爱这种刺激感，同时也享受刺激过后的如释重负。所以，电烤是没有灵魂的烤串，免辣的烤串也好似不完整的人生。

相比北方烧烤食材的单调，以武汉为首的中部地区和以成都为首的西部地区，在食材的拓展方面可算是用心良苦、励精图治。烤虾球、烤鳝鱼、烤牛肉、烤螃蟹、烤兔子、烤鲫鱼、烤鱼泡、烤脑花、烤饺子、烤韭菜、烤茄子……在武汉似乎就没有不能用来烤的食材。

四川在烤物上常有脑洞大开之举，四川乐山的烤猪鼻筋令人拍案叫绝，味道跟烤牛筋差不多，更令人瞠目结舌的是烤棉花糖；最让我大跌眼镜的是广西百色一带的烤猪眼睛，一口下去，飙汁，吃起来，内心是七上八下的。我在湖南常德吃过的烤猪鞭也算一种特殊体验，入口生硬又感觉有点脆，耐人寻味。

撸串、喝啤酒是举国之喜好，而与中国一衣带水的日本，在欣赏烤串的角度上则大相径庭。日本固然有高级的用炭火烤制的蒲烧鳗鱼，但市井之间更常见的是价格平易近人的烧鸟亭。1923 年关东大地震后，烧鸟的露天食摊出现在东京各地。酱油混合砂糖做成的酱汁，治愈了人们饥饿的胃与心。随着美国的肉鸡在日本普及，平价鸡肉涌入市场，烧鸟店终于可以正儿八经地使用鸡肉做串烧。日本人烤串爱吃鸡，鸡心、鸡肝、鸡脆骨、鸡皮、鸡肉丸，能引得人大打出手抢破头的则是鸡屁股里头一小块带着一层软骨的嫩嫩的肉，吃下去好像一块包着橡皮糖的果仁。如今，东京新桥周围有烧鸟屋无数，因而被称为“烧鸟横丁”，烤鸡屁股的地位等同于中国的羊肉串。东京米其林一星烧鸟店“鸟喜”有道出名的烤鸡卵巢，和烤鸡肝一样，有一种爆浆的口感，令人惊艳。

在亚洲以外的地区，则是难觅惊喜。我在意大利西西里吃过路边烧烤摊的烤羊肠，开始闻味儿还以为是路边小巷里的烤羊肉串，就很欢脱地冲了过去，后面的沮丧就不细说了。

纽约China Town法拉盛39街的喜来登酒店斜对面就有一个“胖妞”烧烤摊，形式上基本就是国内的路边烧烤，但比国内的烧烤摊多一个罩子和排烟口，烤的内容和国内南方的烧烤摊差不多，有荤有素，肉串和蔬菜都有。傍晚出摊，光顾的人不少，当然以华人或亚裔为主。只是佐料不对，但能看得出，摊主在尽量提供对的味道。

在炭火上操持的大叔，像那首歌里唱的一样：“纽约的司机驾着北京的梦”，纽约的烧烤摊则翻烤着中国的梦。而光顾的人，谁又不是在通过那一丁点熟悉的滋味，想起从前某个夏日？如同我现在，用万松园烤猪腰子的余味回想那些庸常夏夜：围坐星空下，小桌旁，烧烤啤酒光膀子，凉风吹过，粪土当年万户侯，当年小伙如今大叔，都可还好？

一碗脑花的爱恨情仇

世上最寂寞的事情，不是一个人吃火锅，而是一群人吃火锅时，你却要在大家略带惊恐的注视中吃完一份猪脑花。

对其他人来说，猪脑花就是猪脑花，但对蜀人而言，像生煎之于上海、热干面之于武汉、螺蛳粉之于柳州、手抓羊肉之于内蒙古一样，是乡愁。他们常常对脑花那种入口即化、如慕斯般的口感魂牵梦萦，很多家庭更是将脑花奉为备战高考的健脑神物。

在川渝，猪脑不叫猪脑，因为不雅，所以一律称之为脑花，在念的时候必须要带个“儿”话音。川渝人确实将脑花吃出了百般花样：冒脑花、卤脑花、烤脑花、爆炒脑花、煎脑花、脑花面、脑花做汤等，对他们而言，蒸、烤、煮、烧，缺一不可。我一直以为，吃脑花是川渝地区人才懂的爱，后来去了贵阳才知道，此地吃脑花亦蔚然成风，普及程度可与巴蜀媲美。贵阳的烧烤店以及很多路边摊，烤脑花随处可见，火锅店更是必备之物，还有一道酸汤脑花，凸显了地域性。

所以关于吃脑花普及地区准确的描述应该是："穿越半个城只为一份脑花"的情形，多在我国西南地区上演。关于"吃脑花这件事为何吸引你"这个问题，我听过最诗意的回答是："因为盛放过灵魂。"

早期四川的家常做法中，有用天麻蒸脑花的，这和将脑花加入鸡汤中同炖一样，更多的是以滋补为目的，尤其是在高考前夕。这类清蒸、炖汤做法的味道，可能因为实在难以令人接受而逐渐消失。真正美味的家常做法，是与仔姜和青椒同炒，或与豆腐一起麻婆，或者将脑花与鸡蛋混合，一起煎来吃。一位川菜大师说起小时候"妈妈的味道"，就是将脑花用黄酒浸泡片刻后，与鸡蛋融合放入姜片、冰糖，隔水蒸。

烤脑花是时下最火爆的吃法，也是街头消夜一景。四川、重庆是将脑花放置在锡箔纸上直接烤，有的会放片藕垫在里头，提前拌好红油、红椒、青椒、花椒、榨菜、香菜、孜然等佐料，佐料的比例、搭配是烤脑花的制胜关键。贵阳的烤脑花通常是生菜叶打底，佐料大同小异，同样是放在锡箔纸里，但将折耳根切成丁变成烤脑花的调料，是贵阳独有。

脑花置于炭火之上，细细熏烤，等待佐料丝丝入味，从脑花每一条纹路里渗进去。因脑髓里没有肌肉，80%都是由易碎的脂肪和蛋白质组成，所以猪脑很"矫情"，没烤熟和烤老了之间就那么几秒的工夫，故拿捏要准，烤的时候要手脚麻利，撒盐、撒辣椒面，要均匀、要飞快。快烤好的时候，脑花会嗤嗤地冒着小泡，颜色也逐渐变成灰白或黄色，最后至金黄。

脑花经久不衰的吃法当然是下火锅，它往往是在火锅的荤菜已吃得差不多的时候开始放入。如果点的是鸳鸯锅，如果你径直把脑花倒进白汤里，如果眼神能杀人，这时你早已被和你一起吃火锅的四川人射穿多遍。记住，巴蜀之地吃脑花，脑花进火锅只能到红汤。按照他们的说法，脑花像海绵，能将汤里的各种滋味吸纳进去，所以猪脑的味道并不单调，而是很丰富。

贵阳脑花下火锅是红汤白汤不忌的，当地一个朋友告诉我，在白汤里煮出的猪脑也别有风味，有一些人觉得，猪脑本来就很嫩，有点腥甜，在红汤里煮会掩盖它的本味。当然，即便从白汤取出，还有蘸水在侧，临时改主意也不是问题。贵州特有的酸汤鱼火锅，吃完鱼后用酸汤煮猪脑，亦不算少见。

葡萄美酒夜光杯，脑花葱丝盘上堆。多少人爱脑花味道的入木三分，爱它的吹弹可破，明明知道此物胆固醇极高，肠胃不适者吃了还会拉肚子，却甘愿一搏，这感觉不觉相似吗？好似明知道是没有结果的爱情，却甘愿飞蛾扑火；好似明知道是没有酬劳的加班，却无奈欲拒还迎。

人对于脑花，与榴梿一样，有着泾渭分明的情感。其实世间食材皆是如此，爱吃的视之如命，不爱吃的视如草芥。据说喜爱之人，只烤脑花三个字，都能令其垂涎三尺；对于恐惧脑花者，无法直视的纹路是多数人突破不了的业障。记得前些年，六个谈脑花色变的人一起吃火锅，起哄要一起吃一口，并且已有了“共赴黄泉”般的思想准备，当煮好的脑花齐齐送到嘴巴后，其中两个人是吐了的。

我认识的一个成都姑娘有这样一个理论：世界上有两种人，吃脑花的和不吃脑花的，第二种人不能做朋友。后来成都姑娘去了北京，发现接受不了脑花的，北方人比南方人多，一群北方人和四川人一起吃火锅，一团颤颤巍巍的猪脑下了锅，很多人不敢再往锅里涮菜。在一次次火锅局中，每次用漏勺盛着脑花时，成都姑娘都觉得大家仿佛在观看食人魔进食一般，她开始怀疑自己是不是做了一件很恐怖的事情，以至于后来每一次点脑花都要战战兢兢。

再后来，她嫁给了一名烟台汉子。吃惯了胶东海鲜此类高档食材的人，哪里受得了脑花的形态，脑花成了婚姻生活中两地文化碰撞的主战场。矛盾最终以这样的方式完美解决：每次火锅将近尾声时，再点上三份脑花，烟台汉子起身结账，出去抽烟，留下成都姑娘独享脑花，完事俩人再一同携手消失于人流，是琴瑟和鸣的典范。

吃脑花并非西南地区专利，只是其他地区远不如他们爱之深，更谈不上普及。武汉是我见过吃脑花仅次于贵阳、成都的地方，但非火锅中的常见食材，多见于烧烤摊；江浙一带吃脑花虽从未流行，但渊源是有的，杭州一带有酱油蒸猪脑的做法，本地酱油淋在脑花上，恰到好处地蒸，取其嫩与鲜；广西贺州、梧州一带，有一道类似于麻婆豆腐的菜里是脑花和豆腐的结合，与四川常见的脑花豆腐差不多；广东有一道汤：天麻炖猪脑，作为炖盅的材料，猪脑确实挺合适，只是天麻的味道影响了汤的口感，现在一般用枸杞来炖，吃的时候加点胡椒粉。

河南开封，很多人打小就吃五香脑花，不过用的是羊脑。街边夜市多有出售，十几个羊头骨摆成金字塔状，是小摊常见“招牌”。买下一个后，老板把羊头的天灵盖撬开，捧着头骨拿着筷子就能吃到里面的脑花了。

傣族的包烧脑花，据说是口味最复杂的脑花菜。各种切碎的香草末和捣碎的脑花混合，包在大片芭蕉叶里放火上烧熟，脑花的荤香与各种香草的气味混杂成一股糊里糊涂的香味。

最为惊世骇俗的吃法在遵义，有人爱吃生猪脑，大概就是猪刚杀死，剖开头颅，快速取出猪脑，一口吞下，颇为凶猛。生吃的脑花一定要处理得当，要撕净脑膜，用牙签挑去血管，一个不小心就容易突发“脑溢血”，所以脑补“一口生吃”的画面时，难免会感到周身发麻。

老外也是吃脑花的，西厨烹制脑花之前，必定是要焯水的，目的是为了去除异味、后期不易破损。据说他们也很享受这一过程，因为焯水能让脑花像消防水带一样舒展开来。

脑花在印度算比较常见的食物，用的是山羊脑，烹制脑花要先焯水，然后切碎，与masala（印度咖喱粉）一起煎炒；西班牙人吃的也是羊脑，他们通常会将羔羊脑裹上一层面包屑后油炸，下面铺一层辣味番茄汁，上面放黑橄榄酱、少许松仁和几片罗勒叶；在伦敦，吃脑花是高级餐厅的流行之物，不过通常用的是小牛脑，最常见的做法是油煎，煎好后佐以黄油和腌制的刺山柑花蕾酱汁。把脑花剁碎油炸也是一种烹饪方法，用法式芥末香料、蛋黄酱或者法式酸辣酱蘸着吃。

虽然国内“对付”脑花的办法远比国外多，但目前真正开始在西南之外的城市流行的，还是以烤为主：洛阳牡丹广场南街的霸道烤脑花，算是洛阳第一家烤脑花店，这家店的女研究生老板还上过本地新闻；北京南锣鼓巷有家“脑子加工厂”，招牌是烤脑花和脑子沙拉；在上海，红料理、付小姐在成都、椒羞等几家川味馆开始卖烤脑花，食客们经常蜂拥而至。食客们对它们的评论很明确地显示出，做脑花生意，无论如何也讨好不了不爱之人。

我自诩为行动派吃货，但对吃脑花难以下箸，为此深感羞愧。火锅、烧烤乃至西餐做的脑花，我都浮光掠影地戳过一点，但头皮发麻掩盖了一切美好。只要一想到刚取出来的猪脑会抽动，会冒着热气，并且血丝密布，还有那些皱褶，我就深感无力驾驭。

电影《功夫熊猫 3》里阿宝的师傅说：“你如果总做自己擅长的事情，就不可能有进步。”我深受打动，遂下定决心要从吃脑花这件事情开始，走出自己的“舒适区”，突破自我。可当我看到下面这段时，心中不禁五味杂陈。

《本草纲目》记载：“猪脑甘，寒，有毒。吃猪要去脑。猪脑损男子阳道，临房不能行事。酒后尤不可食。”

圣诞家宴，天赐的狂欢

特定的环境、氛围会使普通食物变得美味。否则，对于中国胃来说有些差强人意的圣诞大餐，不会听起来就令人食欲大振。

圣诞节来源于西方耶稣诞生的含义，虽然这一天并不是耶稣诞辰。圣诞节的整体氛围、精神内核是被逐步赋予的，摆圣诞树、吃姜饼的习俗，都是后来才有；在火鸡盛行之前，摆上餐桌的是烤鹅；圣诞老人的红色装扮，是可口可乐公司营销的结果，在这之前，圣诞老人穿着衣服的颜色有绿有白。从 19 世纪开始，在英国小说家查尔斯·狄更斯的推波助澜下，圣诞节才真正变成了普遍意义上一家人团聚、互赠礼物的节日。

在中国，圣诞节把陕西苹果卖成爆款，或把圣诞节当作情人节来过，并不稀奇。即便以后，圣诞节吃汤圆，也没有什么可诧异的。人民群众不会按常理出牌，把其他文化中的概念和元素拿过来，按照自己文化的理解，重新加以诠释，让圣诞节在中国同时具备了吃饭、购物、逛街、秀恩爱等多种功能，然后再加以传播，这在文化理论中有个专有概念：重新解释。

在西方，只要是在圣诞节享用的家宴都称为圣诞大餐。圣诞家宴是要精心谋划的，这是自古便有的基因。西方的圣诞节就是冬至节，在所有的节气之中，春分、夏至、秋分、冬至是最为特殊的，到这四个节气时，太阳直射点分别到达赤道、北回归线、赤道、南回归线，此时北半球昼夜分别等长、昼最长、等长、昼最短（南半球则相反）。除了生活在赤道附近的民族，冬至是很多古代民族的新年，又因其昼最短夜最长的特性，仪式或庆祝的内容大抵都是驱逐黑夜和寒冷，唤醒生命，所以要有光、火。

在进入工业时代之前，到冬至时，农民基本结束了平日里繁重的农活，得以休息。这时，大量食物刚收拾好，秋天酿的酒可以开始喝了，养了一年的家畜，膘肥体壮，可以宰杀了。丰收是乡村生活重要的部分，对食物的聚敛和储藏是人们非常基本的渴望，丰收后人们不用再忧虑下一年的作物，可以享用一年中其他时间想都不敢想的食物。这是天赐的狂欢时间，自然会上演真挚的庆贺。用一个节日来打扫、打扮、休闲、感恩，多么的顺理成章，要有喧闹，要有温暖的食物，结合骄傲与遗憾，一同下肚。

所有的庆祝活动都发生在圣诞前夜，精心谋划的食物都要在这之前准备妥当。其菜肴的配制大致都是主菜（肉类）、辅助类（蔬菜）、主食、甜点、酒。美式的圣诞餐桌内容相似度较高，火鸡、填馅类食物、玉米、南瓜派和青豆都非常普遍，火腿时常被作为火鸡的替代或是搭配。美式圣诞餐桌的变化依地域的不同而各有不同，比如夏威夷有照烧火鸡，弗吉尼亚州有牡蛎跟火腿馅饼，中西部佳肴包括富有北欧斯堪的纳维亚背景特色的食物，例如干鳕鱼和捣打的芜菁甘蓝或芜菁等。

一般来说，迷你卷心菜是要准备的；烤土豆是要准备的；培根包住小香肠，整理好备烤；主食当然要面包，欧美各国的传统节日面包的配方都差不太多，高油高糖，会加入很多的干果和朗姆酒，特别耐放。配角之中，甜点是必不可少的，除了腻死人的圣诞布丁，容易令人产生食欲的，还有圣诞树桩蛋糕。

世界各国人民都有不同的诠释圣诞节的方式并将这种方式变成本国习俗，但唯独家人团聚，吃一顿家宴，世界通行，这也是对节日最大的尊重。所有情感、期望，在这一刻聚焦到圣诞大餐这顿家宴上，供人想象。在眼耳鼻舌的同时作用下，在节日、团聚氛围的烘托下，感官比平日更容易获得满足。圣诞如春节，像中国人守岁一样，全家团圆庆祝至半夜，喧嚣停止，聚在炉火前，吃着树桩蛋糕，配着咖啡或红茶，进入温情时刻。

欧美圣诞大餐的搭配大相径庭，让老外流露一副不吃会死人的样子的食物，当然是火鸡。传统的圣诞大餐，最早流行吃烤猪、火腿，后来是火鸡、三文鱼，总之是以肉为主。圣诞火鸡取代鹅，是因为火鸡庞大的尺寸与维多利亚家族更为相称。

烤一只火鸡要从早上天还没亮就开始，将塞好馅料的火鸡放入烤箱，根据不同重量大概烤 3~6 小时。出汁后，每隔一段时间要用特制的专用“吸管”吸出火鸡流在烤盘中的汁液，淋在烤鸡表面，再放回去接着烤，反复好几次，半天就这么过去了。

虽然看起来都是火鸡，但里面的填塞料表明了不同家庭的差异，代表了每家的习惯。比如在英国，多余的馅料会被揉成球状单独烤制，称之为stuffing，相当于小时候，啃完包子皮后迟迟不舍得吃掉的那一坨肉馅，被视为精华。在一个家族中，填塞料比火鸡重要。按照 18 世纪法国美食家布里亚·萨瓦兰的说法：“因为这决定了每个人生命中特别的部分，决定了你是谁。”

大，必须要大。美国人对大火鸡尤其偏爱，甚至还创新出了plus（加大）版的火鸡：turducken，它有个贴切的中文译名：特大啃。这道超级硬菜的做法比中国的猪肚包鸡有过之而无不及：将一只普通鸡的肚子里填满香肠、熏肉等物，再放进一只鸭的肚中，再将鸭子塞进火鸡肚中，最后把火鸡放入烤箱或油炸。

一只特大啃的重量约 25 斤。2007 年圣诞节，我和我的台湾室友，在他的美国女朋友萨拉的怂恿下，计划三人合力制作一份特大啃。平安夜的晚上，填塞完毕后我们才猛地醒悟，我们并没有可以装下这只特大啃的烤箱。于是我们连夜将此物从东城运到朝阳区的城乡接合部，在一个拥有大型嵌入式烤箱的朋友家，用了 13 个小时，完成了我人生唯一一次烹制特大啃。

朋友的家族四世同堂，圣诞节这天的晚餐非常丰盛，这份相貌惊人的特大啃在端上来的时候，现场气氛达到了最高点，但波峰很快就过去了，人们对它外貌的惊叹终究经不起时间的考验，它确实也谈不上是美食。萨拉倒是表示这是家乡的味道，她吃得很动容："圣诞大餐从来都不是美食家盘中的食物，它是家庭食品，是我孩提时代就记住的味道。"她说得很动情，而我的注意力全在那一大盘盐池羊肉上。

按照中国的节气，圣诞节正是吃羊肉的最佳档期。几乎每一年的冬至都在圣诞节的前两三天，从冬至之日起，中国进入数九寒天，数九第一顿，当吃羊肉。羊肉一物，性热性燥，唯独冬天吃了非但无碍，反而最是温补。试想凛冬将至，任屋外北风呼啸，白雪纷飞，一个涮锅让室内外浑然两个世界，小心窝都是暖暖的，就算走进风雪之中也浑然不知数九之寒了。

在中国古人的自然观念中，冬至对应着辛劳与丰收、寒暑的变换。而四季的更替来源于阴阳的消长。冬至团聚宴饮，除了世俗意义，本身也有其信仰意义。这个时候的阳气既小又弱，古人们便用一些象征性的行为来扶助它，"拥炉会饮"就是民间"扶阳"的方法，围炉温酒，团聚会饮，既扶助了阳气，又庆贺了圣诞。

合家团聚是世上最美好的词，那场景，就像儿童文学作家肯尼斯·格雷厄姆在《杨柳风》里描述的："这个房间也许平淡无奇，甚至狭小。在炉火的照耀下，房间很美。人们很清楚，这对他有多重要，在人的一生中，这样的避风港具有多么特殊的意义。与家人共度的时光，永远不会无意义，那甚至是我们有限生命时光之外的额外奖赏。"

醉蟹销魂

一个人如果懂得吃，还特别会做，是件多么令人尊敬又羡慕的事，可以想象，她的身边一定是不乏朋友的。

我的母亲就是这样的人，她的烹饪之技引得街坊之间竞相请教，她是采买的标杆，擅长将细碎鲜活的市井日子过成一条绵延的河。每逢团聚，她都会掸尘、扨鱼、杀鸡，在炉灶之间，将诉说不尽的爱意，融入每一道菜、每一顿饭。

我家的镇桌之菜是醉蟹，母亲当然要规避吃生的东西可能带来的风险，所以这是蒸熟之后再醉的蟹。选蟹、养蟹、制卤、蒸蟹、浸泡，至味鲜吊舌，醉蟹的鲜味很难用笔墨形容，尤其那蟹黄，像陈年佳酿，入口抵心，唇齿间袅袅不去的绝伦鲜味久久不散。

人间鲜味众多，但许多品尝事后会忘，有些吃多了会腻，而醉蟹，始终让人记忆深刻。这些年来，我与母亲聚少离多，但每年中秋都要回家，母亲知道我要回来，提前三天便已开始采买准备。抵家时，醉蟹便已在桌上。我卸下行囊，花数小时用类似核桃夹子的工具把蟹拆碎，吃掉，母亲笑眯眯地在一旁看着，直到满桌残骸。好像只有这时，才让人感到是真真切切回了家，完整的自己才被拼凑起来，魂也归了位。

流淌着黄酒气息的醉蟹，徒手战斗方能畅快。从掰蟹脚开始，先品了回味甘甜的蟹肉，再揭开蟹盖，有拨开雨雾见日出的欣喜，也多了几分探求之乐。一口咬下黏稠糊嘴的蟹膏或厚实丰腴的蟹黄，为这次探索画下句号，如此反复。一番云雨后，场面会有些混乱，经过我细致打量的醉蟹，最后的残骸估计连DNA（脱氧核糖核酸）都验不出来。

母亲的醉蟹是和邻居学的，邻居是宁波人。“秋风起，蟹脚痒”，在外漂泊的江浙人其实更痒，秋风一起，就会对那膏肉肥美、酒香扑鼻的醉蟹有执念。光蒸是不够的，还要醉。

江南是黄酒的故乡，宁绍地区酒糟制馔尤为盛行，这里“入口之物，皆可糟之”，不论荤素，不论部位，鸡鸭鹅鸽鹌鹑猪，头爪脚尾肠肚，鱼虾蟹贝泥螺鸡，毛豆花生冬瓜枣，只要扔进糟卤，待入味，盛出来便是一碟开胃小品。

我华夏子孙绞尽脑汁地追求极致美味几乎是本能，自旷古时期搞明白酿酒之后，以酒贮存食品的办法也随之出现，到了北魏，在《梦粱录》有糟羊蹄、糟鹅和糟蟹等糟制食品出现。

糟货自然是醉蟹得以发展的群众基础。糟卤看似简单，其实颇讲究。在小麦和糯米加曲发酵而成的香糟中，混入黄酒、八角、桂皮、香叶、白蔻、茴香、香茅、葱姜、冰糖等香料，充分搅拌后静置一天一夜，过滤之后便得到了澄清透亮的琥珀色的糟卤。因为是二次发酵，具备了独特香味的糟卤，与纯净水按比例混合，加入盐，滴几滴白酒，就能腌制各种可口的糟货了。

醉蟹与糟蟹原理类似，承前启后，灵魂在卤，但配料不一。安徽的屯溪醉蟹用封缸酒和腌蒜，江苏兴化用当地甜米酒泡醉蟹，山东的微山湖醉蟹用的是糯米酒。天津有七里海醉蟹，江苏有中庄醉蟹，这些有百年汗青的醉蟹做法都有自己的独门绝技，以突出的某个味觉不同，凸显自己的风格。

早年间的江南地区，吃醉蟹是件很家常的事情，女主人们将褪壳的毛蟹洗干净，扔进用老酒、酱油和糖调制的酱缸里，放在阴凉处腌渍三五天，那一身身傲骨都会在这罐子里醉生梦死了。吃的时候配上一盘茴香豆，一壶绍兴黄酒抵消螃蟹的寒气，“多乎哉，不多也”，让人忆起书中孔乙己。

传统的醉蟹，一直是生醉，现在的人，对生活有了更精细的要求。生醉这样“生猛”的吃法，需要一个动力强劲的胃，再加上人们对寄生虫、滋生细菌的担忧，熟醉蟹应运而生，而且熟醉蟹看起来让人更加充满食欲。

醉蟹不拘泥于某种特定的吃法，单食，下饭，过酒，皆可。然而无论以何种方式入口，醉蟹蟹肉依然能以其独特的鲜香出味，同时并不喧宾夺主，吃者又总可以毫不费力地感知醉蟹的芳香鲜咸。

蟹黄的口感接近海胆，但比海胆更好吃，用牙齿咬开蟹壳的时候，鲜味放肆地在舌尖上绽开，野蛮又狂暴地掠过干枯的味蕾，击鼓般地传向嘴中每一个角落。

制作醉蟹的难度在于醉卤的制作，《随园食单补正》里记录了醉蟹的配方：活蟹4只，酱油300克，徽州封缸酒200克，姜15克，精盐20克，蒜瓣4个，冰糖25克，高粱酒20克，花椒4粒。其实我们无需对用哪些调料过于纠结，更应该在意的是，不同调料不同比例最终组合出来的味道。

醉蟹的卤一般来说，都是绍兴黄酒加生抽加老抽加很多大蒜，再根据个人喜好加葱、姜，甚至花椒、辣椒、香料，最后一同放入黄酒中浸泡，现醉现吃。江浙沪各地醉卤的底方表现在醉蟹里口味略有差异，传统的上海本帮酱烧汁采用两份黄酒一份酱油，醉蟹更加偏甜，除了白糖的作用外，讲究的会加入陈皮提升醉蟹甘甜的口感；苏北地区的会偏咸，杭州醉蟹虽然也属于咸鲜口味，但与苏北相比还是平和了许多。

醉蟹的制作流程基本是固定的：挑选1两以上足膏足黄的蟹，先养蟹，放进清水，每隔半小时换水，反复几次，蟹就算养干净了。接下来给蟹洗澡比较危险，每一只都要用牙刷正反面将其胳肢窝和脚趾缝都刷一遍，冲洗后上锅蒸熟。之后连同黄酒、生抽、花椒、葱、姜、陈皮、白糖、盐、矿泉水等，一股脑地放入容器内，确保醉卤没过螃蟹，密封起来，腌制两三天即可。

没有细节，就没有美食。选肥美的蟹，大火蒸制，这些都是常识，更关键的细节是采用的醉卤要加冰块进行浸泡，这样既入了味，又保持了口感的鲜甜，在低温中也不易滋生细菌。

烹饪界的高手，总会在烹食前给肉质动物们来点特殊服务，以保证绝佳而独特的味道。《射雕英雄传》里黄蓉做田鸡给洪七公吃，捉到田鸡并不急于宰杀，而是先用酒把它们灌醉，等到田鸡晕晕乎乎时再烹食。这样的做法深深地打动了洪七公，吃得他油光满面，赞不绝口。

郭靖不解，黄蓉则解释道，田鸡肉质细嫩，如果直接宰杀，会导致它们由于过于紧张而肌肉绷紧，做出来口感硬邦邦的，吃起来兴致少了大半。醉酒的田鸡肉质松软，宰杀时它们失去知觉，再加上体内的花雕煮到汤里，去腥提鲜兼得。

大闸蟹的鲜既强烈又微妙，把它们浸在酒里，是创造出令人沉醉的味道的核心，除了去腥，还可进一步增香，鲜上加鲜。醉蟹一般用酒选用的是清甜香醇、人工酿造的冬酿黄酒，这种酒入口只有浓香，满口爽滑，带着温润的口感和馥郁的香气。雌蟹的黄，雄蟹的膏，螯里皎皎粉嫩的肌肉以及大蟹后腿上的肉，吃起来更是新鲜适口，回味无限。

清代剧作家李渔极喜这种口感，自称以蟹为命，一生食之。其所著的《闲情偶寄》里说担心季候已过难以为继，用绍兴花雕酒来腌制醉蟹，在没有新鲜螃蟹的季候，李渔先取醉蟹过瘾。腌蟹的酒也不会浪费，陈为“蟹酿”，不断喝到来年螃蟹上市。

醉蟹还可以炖鸡，醉蟹两只，老母鸡一只，两鲜同烹，风韵特殊，鸡酥汤醇，酒香扑鼻，食之鲜咸适口。

时间与酒，给予醉蟹的是浓郁悠长的馥郁芬芳。而真正的高手，不会拘泥于某一种酒，或某一种固定套路，他们都希望将自己拿手的这道美食升级再升级，用或者不用某一调料，都有逻辑可循。

前两年，我母亲升级了她的醉蟹配方，只是一点小的调整。她原本选用的是陈年绍兴老酒，现在是在此基础上增加了一点轩尼诗白兰地。她的逻辑是，要增加果香，让口味轻盈起来。白兰地本就是由水果蒸馏而成的高度酒，好的白兰地会有明显的单一水果香气，味道诱人，用来辅助黄酒，是点睛提鲜之笔。过去下的盐减半，用话梅干来代替少掉的那部分盐分，也是为了让口感清爽，提升果香；用新鲜橙子皮和柠檬替代陈皮，也是如此；用冰糖替代砂糖，则是要让甜味的层次感更加饱满。

将这带着淡淡的花果清香，肥腴绵润的蟹黄送入口中，细腻、软糯和轻盈中带着微微酒香和柠檬香，如一位邻家女孩，清新素雅，善解人意，直抵心田。

大概所有人心里认为吃过最好吃的东西，都带着沉甸甸的爱。又或许为之感动的不是食物，而是和食物一起经历过的韶华。见醉蟹如见亲人，其间，滋味深长，深藏喜与悲。它给予了流年世俗人间烟火中的人们一些确定的安慰，万水千山，随你来去，它都会在那里，不会走失。

『月饼』代表我的心

中秋节的晚上我买了两块月饼，吃了一块，扔了一块，吃掉的那块，就是乡愁。

定居日本的好友猫哥，中秋节跟我通电话，本来是听说我生病了找我聊天解闷儿，聊着聊着，自己却哭了。我问他哭啥呢，他哽咽着说没好吃的，“连月饼都没有”。我有些不解：“东京点心多好吃啊，你到底想吃啥？”猫哥擤了把鼻涕回一句：“我就想吃我妈做的牛肉月饼。”

乡愁走肾。

当年我们并不觉得中秋节这天有什么，不过是一个有月亮的节日，直到多年以后席间总缺一两人时，才察觉到这个日子的真正意义。猫哥惦记的月饼，其实更多的是对已故母亲的思念。

一千年前的月亮和现在并无二致，做月饼，送月饼，吃月饼，人们的热情亦未曾减去半分。但月饼的形式早已天马行空：韭菜月饼、酸菜月饼、老干妈巧克力月饼、法式鹅肝月饼……在温州吃过一个咸鱼馅的月饼，让我一秒穿越回小学校园，想起小卖部姐姐卖给我的两毛钱小鱼干；蒜泥月饼是比较奇特的混搭，仿佛爵士少女唱起一首凤凰传奇的歌；小龙虾月饼掰开以后，里面真真有一段虾尾玉体横陈，还是十三香的；牛肉月饼，恐怕是仅供猫哥家族赏食的“妈妈牌”月饼。

我倒不排斥这类被视为“不符合中国传统”的月饼，吃月饼的习俗始于元代，传统的五仁月饼里的瓜子仁的“母亲”向日葵，是明朝引进的，花生仁也是。

古人可能也经历过“不接受，这不传统”的过程，但几百年后，五仁月饼成为人们心目中最传统的月饼。要知道，中国人吃月饼，不一定是因为它的传统味道，甚至可以不好吃，人们需要的是“天涯共此时”的仪式感。

所以我很怀念小时候的月饼，有些粗鄙，却充满了甜蜜，那是平庸生活里的瑰丽焰火。那时候的月饼都是家里自制的，新鲜，不能久存。大麦面加鸡蛋做成的皮料团成面团，手指沾满了薄薄的一层油酥，将油酥揉入面团，像揉入了重重的思念。将面团卷成圆形，分成几块，拍成薄饼，再用小石磨将松子仁、核桃仁等果仁轻压细碾，裹进面皮，扎扎实实压进月饼模子里。烘烤完毕不等上桌便要将金黄圆润的月饼忍烫咬上一口，带着点月饼面皮特殊的烘烤焦香，流转在松子、核桃的香味之中，充盈于口。

吃月饼要配上场景，还要搭配一些圆圆的食品，葡萄、苹果、饼

思念剁馅

干等等，都要摆到桌子上，抬到院子里，一大家子人围坐月下，沐浴着一地如雪的月色，望着那一轮皎洁更胜往日的月亮，或赞叹，或闲聊，或感慨，或期盼。那个时候的月饼吃起来，格外的香，好像月色是一味绝妙的调料。

所以这天的主角其实是团聚，月饼是物化的图腾。清风朗月，夜色如洗，桂树的香气飘散在人间。中秋节，良辰美景，当然要跟在意的人在一起。头上一轮月，手里一块饼，在家的欢聚一堂，不在的也要吃饼思人。

中国人的骨血里就烙印着月饼，那是从牙牙学语时的"举头望明月，低头思故乡"就开始的，经由节日发酵。如果把团聚置于更为宏大的背景来观察：我们所处的这个时代，要想有所成就，必须要到远方去。而这个时代，既未挣脱农业文明的襁褓，工业化还在进程中，现代化又远未完成，有点前不着村后不着店。于是城市里生活着这样一群人：既留恋故乡的温情与乡情，又无法远离城市的资源与文明，一到中秋节便"举目问月月不语，泪痕化作飞鸿去"。

山长，水远，归路迢迢，"人在异乡为异客，每逢佳节倍思亲"，现代人依旧能体验到古人对家乡的执着。文人墨客，市井白丁，寄情中秋月的感知依然清晰，只要手里有一块饼，头上有一轮月，家，就好似在眼前了。

吃月饼，当然是讲究口味的。早年猫哥送我的月饼我很喜欢，不是他惦记的牛肉月饼，而是来自他家乡的陕北月饼。陕北老月饼没有多么花里胡哨，通常只有五仁馅儿一种，馅料一般是由芝麻、白糖、花生仁、瓜子仁、核桃仁等材料配成，有的还会放红枣。猫哥带我去他老家，榆林市的神木县，在他口中的“老街”上还能看到很多传统的月饼作坊，店门口的月饼用粗糙的麻纸包装，油光渗出，让包装纸有着近乎玻璃的质感。神木县的月饼非季节限定，也不是只在中秋出现，一年四季，无论你什么时候想吃，都可以在街头巷尾买到。

五仁月饼是没有南北之分的，它被歧视实在是缺乏常识的表现，传统五仁包括杏仁、桃仁、花生仁、芝麻仁、瓜子仁，只要用料讲究，新鲜现做的五仁月饼，口味一定不会差到哪里去，价格自然也不菲。相反，很多常见的月饼是可以轻易控制成本的，土豆和香精可以制成莲蓉；咖啡渣和香精则可合成豆沙；不新鲜的水果加上咖啡渣可以变戏法般变成椰蓉；水果月饼更简单，南瓜或冬瓜加上香精，想要什么水果味就可以变成什么味，而且掰开也看不明白。

月饼的南北甜咸之战，虽然没有豆腐脑、粽子那么刺激，北方人对上南方人，一定没有办法做彼此的天使。北方人吃惯了扎实纯朴的北方月饼和皮薄甜腻的广式月饼，咸口月饼对于北方人属于待开发领域。

在上海人的记忆里，中秋节吃鲜肉月饼，一定跑不掉。刚出锅的月饼，一口下去，皮酥肉紧有汁水，酥脆的饼皮浸满了肉汁，满足。鲜肉月饼要趁热吃，当你从售货员手里接过月饼的那一刻，你就要争分夺秒地下嘴，因为吃得越早，越能体会到鲜肉月饼的真谛。

鲜肉月饼和陕北月饼一样，一年四季都有卖，但在上海人心目中，只有临近中秋，才是真正吃鲜肉月饼的时节。无论你之前的偶像是什么，无论你爱喝咖啡还是豆浆，无论你推崇的是传统还是新潮，上海人民会空前统一地扎堆出现在各大饼店门前，即使面对六小时起的排队时长，也面不改色。

风靡江浙沪的鲜肉月饼是苏州人的发明，属于苏式月饼。它口味咸甜，肥瘦比三七开，剥开皮就能看到亮油油的汁水溢出来，吃的时候需用一只手接住往下掉的细碎酥皮，内馅则全是鲜肉。鲜肉月饼发迹于苏州，到了江浙其他城市，又各有表现：到了金华，有加金华火腿的；到了宁波，有加蛋黄鲜肉的；到了绍兴，有添加腊肉丁的；传到杭州后，加了些榨菜，成了大家熟知的榨菜鲜肉月饼。

如果你在杭州生活过，会时不时看到有人在街头捧着一个小纸袋，边走边吃，里面还冒着热气，一不小心还会烫嘴。好吃的榨菜鲜肉月饼都是现做现烤，榨菜用的是大头菜梗，口感更脆，猪肉则选用金华两头乌的猪颈肉，肥瘦相间。20 世纪 50 年代出生的杭州人，一定会记得 80 年代初延安路上的采芝斋，现烤的榨菜鲜肉月饼和排得老长老长的队。

似乎好吃的月饼大都是非季节限定，在温州市的苍南县，著名的桥墩月饼也是四季皆可吃到。在桥墩镇，中秋节有外婆送给外孙一个月饼的习俗，这是孩子未成年前每年必收的礼物，寓意茁壮成长。

传统的桥墩月饼个头很大，多数和脸盆大小相仿。它的饼皮口感与馅料也和其他地方不同，脊膘肉、花生、冬瓜糖、葱等内容构成了其馅料，烤制的温度接近 300 摄氏度，所以外皮非常酥脆，表皮还有大量芝麻，外层的脆皮和丰厚的芝麻吸收了由馅料渗出的油脂，闻起来香气扑鼻。

滇式月饼倒是无须为甜咸争论，火腿馅料的云腿月饼是滇式月饼的灵魂所在，咸香的火腿肥瘦相间，加上蜂蜜的调味，咸甜都给占了。云腿月饼的外皮是多样的，有像苏式月饼的酥皮，也有像广式月饼的油皮，也有云南本地常见的破酥，有白酥皮的，也有硬壳的，有用荞麦做的，形状上甚至有方形的，当然这些都不重要。云腿月饼的馅料是加入了火腿、猪油和蜂蜜，及少量其他拼料。它没有烦琐的花纹，吃时需要趁热轻轻咬下第一口，酥且脆，松软香甜，又有火腿的鲜香。馅料中添些鸡纵菌，或来点松露，也不突兀，毕竟都是云南特产，谁不喜欢锦上添花呢?

人跟动物的区别，大概是只有人类这一物种会绞尽脑汁地追求极致美味，否则怎会在小小一块饼上下足了心思？当然也就更不会造就群星荟萃的广式月饼。

添加防腐剂的月饼是没有灵魂的。很多优秀的广式月饼集中于香港，元朗荣华的白莲蓉，九龙酒店的酥皮奶黄、美心流心奶黄、大班冰皮金沙奶黄，都是当地人难以磨灭的记忆。一盒难求的是香港半岛酒店中餐厅嘉麟楼的迷你奶黄月饼，虽然半岛酒店也出品了同款月饼，且皆是由嘉麟楼的点心大师叶永华在 1987 年创制的，但它们本质上是两种产品。嘉麟楼的奶黄月饼坚持纯手工制作，价高且供应量有限，保质期只有 10 天；而半岛酒店的则保质期较长，量大价低易购买。

前些年，叶永华师傅从半岛酒店退休，加入了皇玥，香港人的乡愁坐标虽然换了名字，但它不叫半岛或嘉麟楼又如何呢？月饼本身不会给人太多的感动与享受，会引出无限遐想的，往往是咬开后崩开的独有的记忆阀门。

2017 年 10 月 2 日这天，在天安门广场，如果你看到一个傻里傻气的娃坐在空地上，手里拿着个月饼哭得上气不接下气的话，请相信，那是猫哥正在品尝这世间最美味的食物。国庆期间他来北京开会，我托大厨朋友给他做了一份月饼与他在天安门交接，正是他日思夜想的“仿佛一个悠长的吻”的牛肉月饼。

远方

大隐隐于小馆子

每当夜幕降临，辉煌的颜色褪去，烟火气升腾上来，城市的原生味道，这才弥漫开来。

我喜欢一些小馆子，它们通常藏在闹市深处的小巷子，店面不起眼，招牌也不一定有，装修简单，或者没有，几张桌子、几盏灯。菜的选择不多，但精于烹制两三种食材，食物的外表并不精致，但却能征服味蕾。

这类小馆子的经营者通常以家庭为单位，老中青三代一同操持，招呼客人、摆桌、擦桌、洗碗、配菜，一家人谁有空谁补位，偶尔有几句埋怨，但不会让人感受到负能量。当然，他们之中会有一位“核心人物”，通常是负责点菜的，菜名报一遍就能记住，谁忌香菜谁要少辣谁不吃姜，记得清清楚楚，不会出现差池。若是常客，结账的零头主动就给抹了，并热情地补上一句“常来哟”。

这些小馆子一定要有露天的空间，也许是位于美食一条街，店与店之间甚至没有明显的界线，它们周围也许还会自然生长出一些流动小吃摊，这是最方便的部分，左边打包个桂花酒酿，右边点份烤腰子，五米十步的都给你端过来。它们与小馆子构成了一个相互帮衬的生态。风雨欲来的时候支起几顶帐篷，雨大了，竹竿儿捅一捅，店主与小吃摊，干起活来不分你我。

有人间烟火气的地方，总要发生一些有人间烟火气的事儿。魔幻的城市和魔幻的人们，五湖四海，三教九流，任何职业，各色人种，都能和这里的食物发生奇妙的化学反应。

我见过满身是血的大叔吃着一份辣子鸡丁；见过一个人独自点了瓶啤酒，旁边桌子的食客闹哄哄干杯时，他也会举起酒杯一起。都是尘世间普通的饮食男女，三两成群吆喝笑闹、划拳酗酒的，少言落座狼吞虎咽只为尽快填饱肚子的，抢着买单真诚得要兵戎相见的，有满桌子菜不动筷子却连喝三杯后呜咽大哭痛诉狼心狗肺负心汉的姑娘，有一碟小菜两杯小酒吐槽要命客户坑爹领导的郁闷男子。

在我看来，这样的市井气息自带一股不可描述的香气，是一种梦幻的氛围，有武侠小说里“来三斤牛肉，两坛酒”的快意。人有的时候需要卸下彬彬有礼和迎来送往，这应该就是小馆子存在的意义，让人放松，就算喝醉了要一通也没人会记得太久。

那种厨房设在户外的小馆子更让人欢喜，不由分说地就用一片片刀光、腾起的火舌、“哧啦”一声的油沸声、从锅中腾空而起的菜把人吸引住，行云流水，让人应接不暇，等待的时间像是在朝圣。

大火炒的菜香，民间都是这么总结的。家里弄不了，因为排烟设

酒过三巡

备不支持。想要火大也很简单，煤气罐加个高压阀，高级点的来个鼓风机，开足了火，火焰呈蓝白色，高而安定，最宜滑炒、爆炒。大火炒菜香的奥秘是，大火大锅加重油，厨师颠锅的时候，火焰延伸到锅内，油和调料直接接触火焰发生的化学反应产生了类似于铁板烧的一种香味，也就是传说中的锅气。

一道好的爆炒菜品，灶台上的那一两分钟，不比舞台的“十年功”差多少。重锅翻炒的节奏比家里快数倍，颠勺不但是为了搅拌均匀，更要紧的是控制菜与锅、锅与火的接触时间，根据不同的材料精准控制热的传导达到最佳效果。宫保鸡丁从下冷油到出锅只用 45 秒，这鸡丁必然鲜嫩爽滑多汁，味道层次丰富。

小馆子简陋，并不意味着不讲究。朋友带我去莫干山吃的一家店，毫无装潢，墙壁老旧，但掌勺的是新荣记退休的，听起来便让人有食欲；店里的鸡是散养的，刚刚还欢实着；水是井里打上来的；油是自己炼的菜籽油和猪油；香菜、小葱都是自家菜地里的；大铁锅、土灶台，烧的是柴火……这锅红烧土鸡没什么可说的，全面碾压。

真正的美味当然离不开高质量的原材料和精心的烹饪，这并不只有豪华酒楼才有。当这些要素出现在近乎毛坯房的小馆子时，好比金城武脱下精致的衣服，光着膀子挥汗如雨地举杠铃，这样无须装饰的性感，难道不比刻意美颜后的容貌更令人着迷？这才是我喜欢的小馆子。

香港妹记大排档，老店在通菜街，前些年开到了尖沙咀的加拿芬广场，环境好了很多，菜单要看黑板上的推荐，每天的菜品都不一样。负责采买的，什么新鲜就带什么回来，然后再来确定一些菜式。香港蔬果靠进口，肉类靠冷库，香港人一般在街上解决早午两餐，晚餐在外吃也很常见。大部分香港食肆都很小，很多都提供“碟头饭”，即在一碟白饭之上淋上预先准备的肉和羹汁，再码上几根青菜，能做到食材特别新鲜的小馆子，再加上手艺好，实属不易。

大城市生活的人比较可怜，吃的是标准化或集约生产的蔬菜。注重食材，在内地的小城市更具优势。福鼎这样的小城，一些都市人久违的味道仍然生长在乡间，都是记忆深处的味道。黄小容大排档，福鼎人应该都知道这家。开了 20 年，当年的大姐如今已成大婶。进去用餐要穿过食材展示区与半露天的灶台中间形成的夹道，它是家夫妻店，夫妻各管一边，丈夫掌勺，妻子负责配菜和当天上午食材的采买。尽管环境简陋，但炒出来的菜，他们都说是“小时候家的味道”。

刚落座，切菜的声音还没响几秒，肉丝就飞到了盘子里，大片的榨菜像是竹林里的月光，敦实的香干看着就老实……火舌腾起，麻利的动作，夫妻二人配合无间，像双人舞蹈。

好的小馆子，会展现食材中一方水土的味道，采买是灵魂。萝卜要选择略带泥土的，泥土若较为潮湿，这表示萝卜刚刚出土，非常新鲜，好的萝卜手感会比较重；芋头则相反，两个大小差不多的芋头，轻的那个好，因为水分越多的越不软糯，口感就越差；金针菇头部越小的越好吃，头大的就老了；买茄子要看脑袋上那个帽子，紫色的，是在阳光下晒过的，大棚种出来的帽子是绿色。

新鲜的猪肉靠闻，有点腥味就对了，也可以靠捏，像是捏自己的大腿肉，类似的手感就是新鲜的；挑牛肉靠戳，戳一下，回弹快，说明新鲜；鱼类就看眼睛，水汪汪的新鲜，眼珠凸起，不新鲜的则暗淡无光，眼珠陷入眼眶。

同样是小馆子，同样都是环境抱歉，有的客似云来，有的无人问津，分野还是在于谁更讲究。采买的讲究在经验，而有些讲究，比如处理食材，比如烹制的匠心，顾客一般看不到，老顾客们自会语重心长地传播，就算你听不到或不进，也全在味道里。

十多年前的武汉还没有大拆大建，汤逊湖鱼丸风靡一时，湖边建的简易房子就是餐厅，用渔网在岸边的水面上做个围挡，里面的胖头鱼都是从汤逊湖里捞上来的。客人来了先到岸边点鱼称重，一般都是6 斤以上，首肯之后剩下的事情就不用管了。鱼头红烧，鱼骨吊汤，鱼背上的两块肉绞成鱼蓉，做成鱼丸，用吊好的鱼骨汤煮熟。端上来的时候，奶白色的汤里像漂着若干个汤圆，令人食欲大振。

湖北的厨子做鱼，全国闻名，好似地域家传，底线极高。如何去腥提鲜，如何确保肉质的完美呈现，秘诀有很多，比如以菜籽油烧鱼，比如用姜蓉腌制，各有目的。做那种鲜嫩鱼丸最难的是在夏季，鱼肉丢进绞肉机，机器会发热，鱼蓉立马变腥，失去鲜味且无法挽回。讲究的就会在绞的同时添加冰水，鲜嫩爽滑的秘密往往就在这样的小细节里，这也决定了食客口中的：“总觉得这家要比其他家好吃。”

大酒楼做这些确实有自己的优势，但有些东西是教不会的。老司机带团队，亲身示范几次就不错了，十多个人的后厨团队，能上灶的好几个，你又怎么知道你面前的这道鱼香肉丝是谁做的呢?

小馆子吃的是一份烟火四季，没有曲高和寡，也不必每道菜都要有故事。大火猛炒，小火温情，烟雾缭绕，全在眼里心底，老板会记得你点的菜里不要葱花，会记得你习惯的咸淡辣度，偌大个城市里好像突然有了等你的人。

饭毕，你心满意足地摸着圆滚滚的肚子走回家，沿路的晚风温柔地风干刚挥洒的汗，多么美好的一天。

小龙虾也是世界的

许多城市夏天的清晨，独特的一幕是这样的：一卡车一卡车的小龙虾壳被运到城郊接合处的垃圾场，几个小时后，一车又一车活的小龙虾从产地进了城。

似乎从来没有一种食材，能够上升成为一种生活方式，改变着一代人的饮食偏好。在江浙沪、两广、京津、两湖、云贵川等地区，每到夏秋两季，小龙虾就掀起一股消费风潮，成为城市里大街小巷的餐厅、酒店乃至路边摊的“时令美食”。

小龙虾要吃活的烹制出来的，痛出来的鲜美，才足以颠倒众生。有经验的吃货说：“我不吃小馆子的小龙虾，我担心是用大太监海大富的化尸水洗过的。”是的，吃小龙虾新鲜和干净是第一位。达人的经验是：不要嫌弃热门，火热的门店因采购量大，小龙虾的新鲜卫生要比单店更容易得到保证。

看小龙虾新鲜与否要看尾巴，如果尾巴弯曲紧实，可以放心吃，如果尾巴是直的，并且肉质松散，建议放弃食用。同等大小的小龙虾要吃钳子小的，钳子越小的屁股肉则越多。小龙虾分青壳虾和红壳虾，前者壳软肉多，熟之后外壳呈粉红色；后者很多都是空的，肉要少得多。清洗小龙虾是一个繁重的重复劳动，要先将小龙虾放在水池，注水，让它们有了活气，再撒一把盐进去，让它们吐出泥沙；然后用刷子刷干净它的腹部和腮，拧去它的虾线，再用剪刀剪去虾头——香薰一样的葬礼。

对于为何爱吃小龙虾，贫嘴的回答是：“因为小龙虾是小龙女的妹妹。”我倒觉得，似乎也只有小龙虾，才会让绝大多数人自然而然地克服吃饭玩手机的习惯，因为吃的时候必须要左右开弓。由于没有维护形象的羁绊，吃小龙虾让众生平等了。握着小龙虾，用它来配所有的酒都不觉得低俗，在这个时刻，你会深刻认识到自己原来是一个这样豪放不羁的人，并为此感到自豪。

周折产生美。小龙虾的甲壳并不尖锐，剥壳难度不大。虾尾和虾钳，提供了不同的剥壳层次感，可以细致，可以豪放，可以延长愉悦的夜。而且剥壳是有乐趣的，它一点就破却又意犹未尽，大大提升了最终入口的快感。年纪轻的朋友一般都很难体会到，总是喜欢急吼吼地扒个精光。

小龙虾虾尾充盈口腔，是能给你满足感，让你落泪的；虾头里的膏或籽，是给你惊喜的，奶酪的口感伴着一股奇香，上等的小龙虾能让你惊艳。像在一个平淡无奇的夏夜，突然绊倒在草地上，结果惊起了漫天的萤火虫。

对于高速城市化之前的农村来说，小龙虾是公害，它会把藕、荷叶、稻谷夹断，是大自然的破坏者，它什么都吃，且繁殖能力强，除了破坏原有的生态系统，也会破坏河堤之类的基础设施。很多地方还会将之抓起来用石碾压碎，当作饲料养猪。人在食用时，更有种“替天行道”的感觉。

在我的记忆里，小龙虾是儿时的“农家乐”。小龙虾捕获容易，也是童趣。水塘里、农村公路旁的水渠，是钓龙虾活动的主要去处。这不是什么技术活，一个带把的小网兜，细线一根，捉一只蛤蟆来，摔死，踩扁，拴上线，伸进水里引诱小龙虾夹住，轻轻拽其离开水底但不离开水面，把事先便已伸到水里的网兜移到小龙虾底部包抄捞起即可。至于为何要残忍地对待蛤蟆，小伙伴说，这样蛤蟆的“香味”能散发出来。说得好对，我无力反驳。

好动的熊孩子，决定了小龙虾进入家庭餐桌的频次，20 世纪 90 年代初，即便是于菜场购得，小龙虾价格也是极为便宜的。那时的人们，一时半会还欣赏不了吃起来较为麻烦的美味，“赶紧吃完上学去”，“避免吃到衣服上的最好方式是不吃”，多半是那时主妇们家庭调控多有遵从的原则。

以水稻种植为主的地区是中国较早食用小龙虾的地区，其中湖北、湖南、江西、江苏四省更甚，因河湖沟渠、秧棵稻田星罗棋布，给小龙虾提供了大量的生长空间。做法和口味上，江西和浙江以蒸为主，湖南和湖北也蒸，但以虾球为主，湖南擅香辣，湖北习惯糖醋，偶有麻辣。早期烹饪方式不过蒸、炒两种，到2014年，烹饪小龙虾的方式已将中国所有的烹饪技法全部用上，口味上已超过50种。

高品质的小龙虾饲养在精养池塘里，水质好、水底好、水草好、管理得当，才能养出几乎个个腮白如雪、肉质鲜美的小龙虾，白水煮一煮，肉是甜的。2001年是个关键的时间节点，这一年潜江在全国率先探索出小龙虾“虾稻连作”模式，小龙虾的人工养殖也由此拉开了帷幕，产量的增加催生了小龙虾烹饪技法的创新。一家靠近潜江五七油田的名不见经传的小菜馆，一改潜江平日蒸虾的习惯，而用油焖小龙虾招待宾客，是潜江油焖大虾的发端。

很快，油焖大虾被拷贝到了武汉，武汉由此拉开了大规模吃小龙虾的序幕，蒸虾、卤虾也随着这个风潮一并蔚然成风，并直接影响到周边省份。很多食客和美食家基本形成了这样的判断：全国小龙虾盛行，是经潜江发端，武汉接棒，借九省通衢的便利传遍了全国。

需求推动了技术创新，技术创新推高了产量，继而扩大了需求。全国人民开始吃小龙虾这件事需要记住的年份是2011年，潜江又改进了“虾稻连作”的养殖模式，提高稻田综合利用率的同时，还扭转了原有模式下商品虾规格小、产量低的缺点。这对小龙虾风靡全国再度起到推波助澜的作用，也彻底改变了潜江这座城市的就业结构——10%人口的就业与小龙虾相关。小龙虾，这个曾一度被妖魔化的美味食材，首次成为一座城市的支柱产业。

每年5月到6月之间的几天，潜江这个地级市，会召集各路山寨

秧凳

明星，如假李宇春、假范冰冰等，当然后来也有真正的一线明星，在一个巨大的广场上召开盛大的龙虾堂会，名曰龙虾节。傍晚，山寨明星和领导们一起召唤小龙虾，然后将其油焖，开启了疯狂消耗小龙虾的序幕。全城99%的食肆，必有一道菜是油焖小龙虾。每逢周末，从武汉、荆州、宜昌、襄阳等地赶来的食客将主要的美食街、龙虾城挤得水泄不通。场面恢宏要数炎热的夏季，吃货们不惧桑拿天，露天而坐，脱下汗衫，露出白花花的冒油的身体，他们掰出小龙虾的肉屁股，塞进冒油的嘴巴里，再用手指头抠出虾头里的虾籽或黄，享受着一个奇异的世界。

小城市夏的深夜是栩栩如生的：一桌坐着身着警服、扣子全解开的警察同志，旁边一桌是光着膀子露出左青龙右白虎文身的江湖豪客，不远处还有一桌也许是穿着黑丝袜、烟熏口红画得如猛鬼投胎般的女子，他们井水不犯河水，各自豪情万丈地对付着一盆小龙虾。半夜鸡快叫的时候，曲终人散，只留下遍地的白色纸巾，显得惊悚而淫荡。

小龙虾的原产地究竟是哪里，实在是笔糊涂账，至少不是中国。据说自16世纪以来，瑞典人就有吃小龙虾的传统，不知真假。就眼前来讲，比利时、芬兰、丹麦、瑞典和美国都是小龙虾的消费大国。潜江和盱眙的特大龙虾，做成熟食后都出口到了这些国家。

据联合国粮食及农业组织的估计，整个欧洲市场小龙虾的年消费量约15万吨。因难以做到自给自足，所以要从中国进口。加上小龙虾的壳，从中可以提取一种甲壳素原料，学名为氨基葡萄糖磷酸盐，在欧洲药用领域可用来治疗风湿，改善关节软骨的代谢。这也是中国小龙虾被欧洲大量进口的原因之一。

欧洲也有小龙虾节，比如芬兰和瑞典，和中国一样，也是大肆吃小龙虾的派对。瑞典和芬兰通常会选在夏季行将结束之时举行，因为接下来的日子他们将被漫漫长夜笼罩，并逐渐进入寒冷的冬季。欧洲人不会追求重口味的酸爽刺激，他们更在意原汁原味，小龙虾常用盐水、茴香或者啤酒煮，拌上新鲜的莳萝花（一种欧洲人钟情的去腥香料），放冷了或者摆在冰上吃，是夏日消暑的美味佳肴。标配是面包、奶酪和啤酒，花样很少，最多是吐司搭配剥壳小龙虾，Q弹的虾肉混合着烘烤吐司的香脆。欧洲人同样是双手齐下抓着吃，餐桌礼仪完全不顾，吮吸声大的有之，汁水顺着下巴、手肘往下滴的更是有的是。

小龙虾的消费市场是全球性的，北美、澳洲、非洲和亚洲多国，都有多年吃小龙虾的历史。日本大正与昭和时期给天皇做菜的御用厨师长秋山德藏曾著书写道：日本大正天皇登基（1915 年），为了向外国宾客展现实力，从北海道运来小龙虾款待各国首脑。为了让西方各国首脑在日本国宴上吃到当时西方人才吃的小龙虾，并因此觉得日本是世界一等国家，日本不惜动用驻北海道的军队去抓小龙虾。

美国人吃小龙虾的历史也比中国长。根据地方志记载，在欧洲殖民者来到路易斯安那州之前，这里的美洲原住民就已经开始广泛食用小龙虾了。该州在 1983 年将小龙虾选为州代表动物，同年开始举办小龙虾节，这个节日后来还扩散到了佛罗里达州和加利福尼亚州，就连奥巴马总统访问新奥尔良时的工作餐也是小龙虾。

在小龙虾节的那几天，人山人海，场面疯狂热烈，可与潜江媲美。人们架起露天大锅，用盐、柠檬汁、咖喱、肉桂粉和辣椒，掺杂着土豆和玉米，和小龙虾一起煮好后，直接捞起倒在铺着塑料膜的桌子上，所有人到这座龙虾山前各取所需，甩开腮帮子撩开后槽牙，啃。

路易斯安那州有着众多的湖泊、沼泽，水产资源十分丰富。这些流淌着法兰西血液的阿卡迪亚流亡者利用当地丰富的食材，和聚居在该地区的意大利人、西班牙人、墨西哥人、印第安人、非洲农奴的饮食文化相互融合，产生了多元的饮食文化，形成了著名的“Cajun food”，即美国中南部菜系。Cajun food除了常见的海鲜、香肠肉丸、烤鸡烤兔以及各类米饭菜肴外，主打的就是做法丰富的小龙虾菜：小龙虾盖浇饭、小龙虾派、小龙虾薄饼、小龙虾比萨、小龙虾奶酪通心粉、小龙虾秋葵浓汤。

小龙虾早早地便风靡全美，不然著名乐队卡朋特兄妹不会在这首家喻户晓的歌《Jambalaya》里唱道：“Jambalaya and a crawfish pie and fillet gumbo（盖浇饭、小龙虾派和鱼片甘煲）……”是的，小龙虾也是全世界的。

有蜂蜜的地方，就是天堂

这个世界上，恐怕没有比蜂蜜更疗愈的食品了吧？

千万只蜜蜂经历百万次的飞行，采集花蜜酿成美好的食物，每瓶透亮的蜂蜜，都是大自然好心情的限时原创。一只蜜蜂穷其一生只能酿出一勺半的蜂蜜，一罐蜂蜜意味着蜜蜂要在花朵和蜂巢间往返八万次，飞行五万五千英里[①]，采集两百万朵花的花蜜，所以纯蜂蜜是稀有的。

电视剧《神雕侠侣》里，杨过带着小龙女和郭襄回到古墓，古墓中积存的食物都已腐坏，只有一坛坛的蜂蜜没有变坏。蜂蜜可以放很久，欧美人甚至认为它"可上百年不变质"。纯的蜂蜜是一种高浓度高渗透压的糖液，水分少，微生物在其中无法生存，因为它们进去会脱水而死。正因为蜂蜜是独一无二的东西，每一滴都不相同，有强烈的珍贵属性，它很容易让人联想到甜蜜美好的东西，老外给它起名

① 英美制长度单位，1 英里约合 1.6093 公里。——编者注

honey，意在希望爱情忠贞不渝，可海枯石烂。

很多动物都可以为蜂蜜豁出命去，熊类贪吃蜂蜜，猛禽科的蜂鹰也放不下蜂蜜的香甜可口，蜜獾更是宁可死也要品尝一下蜂蜜，何况人乎？对于女性为何嗜好蜂蜜，直男的回答是：她们心里苦！如果用科学的角度去解释，大可以将吃甜食这件事情理解为灵长类动物的本能，是十几万年的进化形成的基因：嗜甜，避苦，爱吃高热量、高脂肪的食物。

女性的感官接受敏感程度要比男性强，视觉和听觉的辨识能力上已经得到一定程度的科学证明，味觉上，是不是也可以这样粗暴地理解：女人更在乎吃甜食取悦自己，而男人更在乎如何填饱肚子？

蜂蜜大多时候被看作保健产品。现代生活中，人们用蜂蜜发明了很多“保健配方”，除了可以自制面膜，蜂蜜加南瓜子可驱蛔虫，蜂蜜加茼蒿或黄瓜预防便秘，蜂蜜加梨能缓解咳嗽，要是贫血可多喝蜂蜜加牛奶……

蜂蜜的主要成分是果糖和葡萄糖，两者都是单糖，可以被人体直接吸收，而纯度高的蜂蜜有不错的杀菌消炎功能。蜂蜜本就是药食同源的食物，在古代，蜂蜜更多的作用是入药，一些成药药丸经常以蜂蜜为辅料。李时珍曾详解蜂蜜之功：“生则性凉，故能清热；熟则性温，故能补中；甘而和平，故能解毒；柔而濡泽，故能润燥；缓可去急，故能止心腹肌肉疮疡之痛；和可致中，故能调和百药而与甘草同功。”

在日常食用中，蜂蜜百搭，是疗愈心灵与胃的佳品。除了制作各种冰茶、饮料，尤其适合与各种有酸度的食材搭配，如李子、橘子、柠檬、酸奶等，粗暴而易令人满足的吃法，是一锅新蒸出的馒头，蘸着蜂蜜，就能成就人间美味。

有时候我们早上起床后心情不好，是因为血糖和血钙低，吃甜食可以增加血糖含量，口腔里甜味的感受体直接连接到大脑中分泌内啡肽的地方，一口蜂蜜吃下去之后，可以快速诱发人体产生快感，起床气也能得到缓解，即便是阴郁的清晨，心情也有若阳光灿烂。早上大姐送的那罐南非纯蜜，更是令人有置身密林的感觉，宛如天堂。

中国土地辽阔，主要的蜜源植物有 50 多种，如主产区分布在新疆和山陕两地的枣花蜜，分布在东北长白山和兴安岭林区的椴树蜜，主要分布于东北三省的葵花蜜，主要分布在两广、福建的鸭脚木蜜，分布于我国亚热带地区的荔枝蜜。

蜜蜂虽然在某一个时期只从一种植物上采集花蜜，但是大多数的蜂蜜常常含有几种不同类型植物的花粉或花蜜。比如在南方荔枝花的花期末期，龙眼会开花，油菜花期结束前后有紫云英花开花。所以龙眼蜜里必有荔枝蜜的成分，紫云英流蜜又一定会有少量的油菜蜜成分。

花蜜颜色决定了蜂蜜的颜色，比如云南海拔 1900 米的位置，产出一种黑色蜂蜜，这种蜂蜜是来自一种叫米团花的中药材植物，当地人把它称为蜜糖花，蜂蜜树。米团花的花蜜是紫黑色的，根部和皮可入药，治跌打损伤，清热解毒等。

金风玉露

蜂蜜是人与自然的媒介，爱因斯坦曾预言：“如果蜜蜂在世上消失，人类就只剩下 4 年生命。”BBC（英国广播公司）专门拍摄了一个纪录片求证“蜜蜂到底有多重要”这一问题，他们的答案是：人类大约三分之一的食物来源取决于自然界授粉，如果没有蜜蜂，超市不会有一丁点蔬菜，只有三两样水果。

所以，19 世纪美国女诗人艾米莉·狄金森的感慨不是没有来由的：“去造一个草原需要一株三叶草和一只蜜蜂……如果蜜蜂不多，单靠梦也行。”要知道人工授粉的代价是极大的，一个蜂巢能完成 4000 平方米内的果树授粉；一个蜂箱的蜜蜂一天能为 300 万朵花授粉，但一个工人一天只能为 30 棵树授粉。

全球已知的 9 种蜜蜂都会采蜜，作为群居物种，它们有三个工种：蜂王，是受万蜂供养的女皇，一生从不劳作，只负责好吃好喝，当好繁育机器；雄蜂，存在的唯一价值就是与蜂王交配，交配之后生命走向终点，长期未获得交配权的雄蜂会遭到工蜂驱逐；工蜂，一辈子勤勤恳恳，任劳任怨地当好蜂蜜搬运工，采蜜之余，清除族内“余孽”。

它们用嘴采蜜，存进胃中，返回蜂巢，然后吐出来。刚带回来的蜜，含水量较高，它们会在蜂巢里不停扇翅膀，让水分逐渐蒸发。待含水量低至在当前环境下不会变质时，蜜蜂会对蜂蜜进行“封盖”处理，其实就是蜂蜡，是很多化妆品会用到的东西。

我在云南临沧的原始森林里见过拉祜族“猎蜂人”围猎野生蜂

巢，他们对山林了如指掌，寻找野蜂巢穴易如反掌。他们全副武装，包裹严密，用烟熏的方式驱逐野蜂。野蜂毒性大，“猎蜂人”要多花些时间耐心等待。在几十米高的大树上猎蜂时有些难度，需要多人团队协同作战，有人负责生火灭火，一部分人在树上相互接应。蜂巢上蜂蛹的多寡，并不难以辨识，深褐色蜂巢上凡有白色“封盖”的，就不是空巢。通常“猎蜂人”并不赶尽杀绝，而是会留有余地，让野蜂继续休养生息，隔年再取。

与“猎蜂人”不同，职业的养蜂人看起来是一个颇具浪漫色彩的职业，从春天的江南开始，追寻着花期，他们带着数十个蜂箱，在每一个鲜花盛开的地方停留。就这样一路从江南到高原，等高原的花谢了，他们就回家了，等待来年春暖花开。夜晚的孤寂、恶劣的天气、路途的艰辛，对于职业养蜂人来说，也是蜂蜜芬芳甘甜的一部分。

英国作家皮尔斯·莫尔·爱德遭遇了一次严重的交通事故，为走出内心的抑郁，他选择了一种独特的方法：去寻找最美好的蜂蜜，他在《蜂蜜与尘土》中记录下自己所经历的一种即将消失的生活方式。他深入到沙漠和森林中，寻找未曾被现代文明“改良”过的、一些古老民族或部落数千年以来的采蜜、酿蜜方法。他希望品尝最原始的蜂蜜，希望从自然深处的甘甜芬芳中重获新生。

如同皮尔斯寻找的本质自我一样，蜂蜜代表一种纯净的幸福，它潜藏于人心底那尚未被疯狂物欲控制的地方。也正应了《圣经》里的那句：有蜂蜜的地方，就是天堂。

猪油，是尘世生活的歌谣

让人记忆深刻的美食从来都是质朴且没有技术含量的。小时候，那碗猪油下的面条是至美之味，清汤，漂着葱花，闪着油光，汤未进嘴，香气已经抵达脑仁，别有一番勾魂的力量。

猪油的点石成金之力，源于那个年代物资的稀缺。“花脸巴儿，偷油渣儿，婆婆逮到打嘴巴儿”“月亮光光，猪油香香……”此类童谣，流传于江南，是中年大叔和大姐的儿时记忆。那时，一碗猪油饭、一碗油渣面，就是令人销魂的人间珍馐。

人们买猪肉时，并不介意肥肉多于瘦肉，因为肥肉可以拿来熬油。炒菜的时候，用一块豆腐大小的肥肉，就着热锅往锅上抹一圈，留下猪油渍，能蹭上一些肉味，就已是一盘用心小炒了。抹完将猪油放在灶头上的一只小碗里，等下次做菜的时候再用，直到那一小块肥肉磨得精光，油渍净尽。

猪油滋润了人们的胃，承载了一代人的记忆，那是一碗热量满满的乡愁。童年时，姥姥在铁锅里用猪油蒸糯米饭，底下垫一层荷叶，

碗

等待着猪油糯米饭蒸好的时候，我的口水已经流了一地。我还会给切片的馒头抹上猪油，放在炉子上烤，再在上面撒点盐和辣椒面，这是我至今都惦念的零食。

猪油渣是人间罕见的美味。母亲熬猪油的时候，我们姐弟俩就像小狗般守在锅边，看着白花花的肥肉慢慢挤出身上所有的油分，再凋零成一小团黄褐色的猪油渣。拈起一粒放进嘴里，咬碎油渣后，深藏在里面的猪油在嘴巴里溅出，油顺着喉咙滑下去，干涸已久的肠胃顷刻间被欢快地滋润了，仿佛要把心都融化掉。

后来读到作家尤今写的一段令人直拍大腿的描述："极端的脆，轻轻一咬，咔嚓一声，天崩地裂，小小一团猪油像喷泉一样，猛地激射而出，芬芳四溢，那种达于极致的酥香，使脑细胞也大大地受到了震荡，惊叹之余，魂魄悠悠出窍。"

一个猪油罐，成为全家人心里的藏宝罐。在姥姥家，无论日子好过不好过，到了年关，家家户户都要杀一头猪。腊肉、腌猪头什么的，早则元宵节迟则清明节必定会告罄。唯独那罐猪油，还是封得好好的，至少要吃上半年。那个年岁的人，脸色大多是菜色或发黄，我们家个个白里透红。母亲回忆起来，骄傲地把原因归结为自己会持家，猪油功劳大。

家里那个姜黄色的坛子，乌秃秃的，敦实耐用，其貌不扬但却是家族记忆的图腾。每逢家里炒青菜、炒南瓜、炒茄子、煎豆腐，或者下面条，用锅铲把罐子里的猪油铲出，放进高温的铁锅里，只听"哧啦”一声，随着铁锅里腾出一股油烟，生津之感袭来。

要说有一种家畜，不挑环境不挑食物，易养活又繁殖快，还特别长膘，在物质匮乏的古代能提供巨量的脂肪，那就是猪了。房前屋后垒个圈或者搞个吊脚楼，楼上住人楼下饲养又便利，除了拥有一望无际大草原资源的地区，这种物种谁不爱它呢？

而猪油，在中华烹调史中的应用源远流长，《周礼·天官冢宰第一》中记载：“凡用禽献：春行羔豚，膳膏香；夏行腒鳙，膳膏臊；秋行犊麛，膳膏腥；冬行鲜羽，膳膏膻。”“膏腥”，指的就是猪油。可以这样说，从原始社会将野猪驯服为家猪开始，漫长的中华民族饮食文化史就是一部猪油食用史。

贵州遵义对猪油的爱是挑剔的。当地把猪油分四种，一种是用肥肉炼猪油；一种是花油，缠绕在猪肠上，白白的，像新织好的毛衣线条；一种是板油，从猪肚子处剥下，成块的像弹好的棉花团，猪肚子上的板油，出油多；最稀少的是猪胃附近的油，当地人认为最养人，有给孕妇吃的习俗，遵义人很早就知道，用猪油来煎鸡蛋，是鸡蛋最“死得其所”的方式。

潮汕地区是一个极度热爱猪油的地方，也热衷于猪的各种部位。汕头名菜猪肉苦瓜煲，就是将苦瓜切大长块，与切菱形厚片的五花肉在猪骨浓汤中加蒜瓣同焖，至苦瓜耙软，蒸透的苦瓜色相黯淡，五花肉看起来惨白。看起来并不能激发人的食欲，其实苦瓜饱吸了猪肉浓汁，有了猪油赋予的香味，五花肉的味道也没有被苦瓜篡改，两种食材都以原始面目示人，如同卸妆后令人惊艳的素颜。

猪油在汕头菜里的极致表现是在甜品中的运用。芋泥白果、羔烧浓芋，都是传统高胆固醇甜品的代表作。羔烧是下猪油、白糖一起烧的方式，听起来颇为油腻，但吃起来却是腻中带着结实的香，越吃越上瘾。羔烧浓芋中的浓是番薯，芋自然是芋头，将番薯与芋头切块，置于白糖加水熬成的糖油与猪油中熬至熟透，一白一黄，也叫羔烧双色。

做芋泥白果是要花费时间和精力的，芋头要蒸熟之后碾成泥，还要碾得细致，再加入白糖与事先加热的猪油一起不停翻炒，直至三者完全融为一体。白果也是如此，与芋泥分开羔烧，上桌时再放在一起。下功夫的吃食，吃起来自然会特别一些，芋泥糯实，白果软韧，分明都有些油腻，但扑面而来的香味却让人欲罢不能。

汕头的猪油糖是迄今为止我见到的唯一用猪油做原料的糖果。猪油糖是潮汕地区的一种零食，撕开猪油糖白色的包装，扔进嘴里，润滑爽口，柔软中带有猪油的芳香，满口的甜蜜并兼之油腻粘牙。猪油糖 30 年前一两毛钱一颗，现在论斤卖。

淮扬菜里有道几近失传的民国蟹肴，是用猪油蒸，是食蟹方式中硕果仅存的以猪油烹制的。民国时期由世界书局印行的菜谱《美味烹调秘诀 · 食谱大全》中，明确记载了猪油蒸蟹的做法，其实操作起来很是简单，大致为：喂活蟹喝白酒，开盖抹上固体状的猪油，合上盖后，以姜片打底蒸之。它的味道比平常蒸蟹更出色，猪油经熟溶解，

“打通”了蟹的全身“经脉”，破壳而食倍觉肥美。

在众多食用油中，猪油的香味和滑润感是其他素油无法替代的。猪油爆炒青菜，不仅菜的口感绵软，还有鲜肉的余香。要是炒制马兰头、荠菜、艾菜等野菜，更应用猪油提鲜。如果用猪油渣来炒，则境界又有提升。小时候家乡地标式建筑“四大楼”以早点著称，瘦肉和肥肉切丁制成的酱肉大包，以及将油渣与青菜混合制成馅做出的大包子，至今我尚未遇到能与之媲美的包子。

每年中秋节一过，就到了稻谷归仓的时候，这又是乡下人一年辛苦的开头，秋收了，又开始冬忙。也只有接下来杀年猪的时候，等到冒着热气的猪肉下锅，乡下人才可以坐下来，就着蒜苗炒肥肉、猪血汤喝上几顿大酒。刚杀的年猪，肚子被气筒吹得滚胀，用大铁钩挂着，屠夫用锋利的杀猪刀，对着白花花的猪肚子“哗”的一声划开，一股热气腾出来，屠夫总喜欢伸出手掌去摸猪肚子里白花花的猪油，等待着这样的惊喜：“哇，这膘真厚！”

残忍的喜悦背后，支撑了许许多多幼小心灵的幸福感。膘厚，猪油就多，小孩们吃到的猪油渣就多。这在以前，也是乡村衡量一户人家殷实与否的标志之一。猪油从猪肚子里割出来，放入陶罐里，用盐搅匀，撒上干花椒，用盖子密封好。半个月过去，猪油就成了腊猪油，再用铁锅熬出的纯猪油，是猪油臻品。到下个秋至时，还能拿出来用之的，是要被广为称赞的，一赞会持家，二赞你家年猪养得好，这都是耐听的赞赏。而家里的主妇，在村里当年的口碑，如同美国高中毕业舞会的王后。

我一直都相信，食物是世界上最有力量的东西，它抚慰心灵，给人勇气。现在的我，离乡千里，在他乡经营着“新故乡”，也如母亲般有着炼猪油、存猪油的习惯。完成小时候许下的愿望“长大了天天吃猪油渣”已然不费力，每次炼猪油，这样的味道总是飞过长江，穿过隧道，牵引着我匆匆不停的归途。

一个人活在这个世界上，如果有那样一种味觉能牵引着回首美好往事一点也不心虚，即便那是高脂高热的猪油，又算得了什么呢？

相忘于食堂

“我看着你不在座位，咀嚼几口。菜太咸了，我想把它看淡一点，但我不会停下来。我感受到菜的伤心，让它在我肚子里流泪，它也许会好过一点。关于伤心，不知道是菜凉了，还是心凉了。”

上大学时食堂的某张桌子上刻着这样的小诗，传说是1994级师兄纪念1996级师姐而作，后面“跟帖”很多，本是一场纪念孔雀东南飞的爱情，结果“回复”的人都是在吐槽食堂。这也许是大家最感同身受的部分，有一人提及，全体歪楼。

有些东西是你吃过之后，才知道之前难吃的都不算难吃。我司写字楼的食堂真可算是黑暗料理界的精英齐聚一堂，每次在食堂吃饭，都会脑补这样的画面：有人吃一口，猛地一挺身子，掐住自己的喉咙，青筋浮现双眼通红，口水失禁并满地打滚。

这是一家总能做到高潮迭起，不断刷新下限的食堂，每吃一口都是一次冒险。冬瓜、萝卜、土豆这三种菜很难分清彼此；西红柿鸡蛋汤里放很多淀粉，黏稠挂碗；绿豆汤，绿豆与水的比例目测不高于

1∶500；吃红烧茄子被鱼刺卡住其实不算什么，可当天的菜里并没有鱼这点真是令人费解；倘若吃到钢丝倒是件值得欣慰的事情，至少他们还知道刷锅。

好像大部分盛菜师傅都极为擅长“抖肉”，我司食堂自然也不例外。打饭人获得肉的多少，取决于盛菜师傅手的抖动程度与菜之间的摩擦系数。会抖肉，应该是他们的KPI（关键绩效考核）考核标准之一。按照人本心理学来分析，每颠下来一点肉，就会带来一丝成就感，大脑中存在奖励回路，导致师傅们很愿意去这么做。

MBA（工商管理硕士）课程界流传着衡量一个好企业的两个标准，其中之一为是否有让员工满足且低价的食堂，其效果在唐朝便得以验证。唐太宗“克定天下，方勤于治”，决定延长每天朝会的时间，为了不让官员们饿着肚子上朝，朝廷给官员们提供一顿免费的工作餐，食堂就在金銮殿门口的沿廊。唐太宗后来又把这个政策推广到了各级地方政府，各地均欢呼万岁。

关于别人家的食堂，我倒是见得多了，真的是令人流连忘返，在这里工作的人，嘴上说着少吃少吃，身体却很诚实地胖了起来。

2014年我吃过海淀区政府食堂，一份回锅肉3/4是肉，猪肉是小汤山基地直供；某政策性银行的总行食堂，12元自助，30多种菜品可选，还未算面食、点心；某国企总部，在中央八项规定实施之前，普通员工食堂，至少20道菜的自助餐，各种风味小吃、酒水饮料，拉面、西点、馄饨、饺子各有专门柜台，我去吃的那次，居然有卖佛跳墙，给我留下了不可磨灭的印象。据说，处级以上干部进餐，还有个更高级的食堂。

抛开这些小众的干部食堂，作为我国第九大菜系，食堂菜的显著特点是分布广、食客多、水平参差不齐。其中，大学食堂是集食堂菜之大成者，其品类之丰富、烹饪技法之魔幻，令人不得不赞叹他们在食材搭配上狂放不羁的想象力。

以我上的那所法律院校来说，一食堂 6 号窗口的嘴角常常伴有迷人自信微笑的盛菜师傅，非常擅长再加工，比如包子，有青椒土豆丝馅、黄瓜馅、西红柿鸡蛋馅、扬州炒饭馅、皮蛋馅等，都是中午没卖掉的菜做成了包子馅。这其实不算什么，迷叔的创举是，将中秋节没有卖出去的月饼，第二天做出了个新菜：炒月饼。

8 号点心窗口擅长意外。比如隔壁宿舍的老张在一个豆沙包里吃出一粒奇怪的“瓜子”，他说有点类似风油精的冲味，直冲脑门。他“呸”的一口吐了出来，其实是一只黑色的、指甲大小的、已被一嗑两半的甲壳虫。当时仿佛时间都静止了，像拍电影经常用的慢放手法，只见一条混沌的液柱从老张口中喷涌而出，慢慢地拍打在白色墙壁上，液柱散开，或许有反弹或许没有，我只知道周围十步之内的人们都散了。

你无法用简单的难吃或好吃去衡量大学食堂，这里总是乱哄哄的，饭菜的油腻香味魔性地飘散，刷卡声、挪动桌椅声、打饭声此起彼伏，诡异的炒菜、经典的大师傅、一张张眼冒绿光的年轻面孔组成了热辣海洋。中国那么大，上亿学子的回忆却在这里难得汇集一洼，食堂成为一个集体记忆的保险柜，它让再难吃的饭菜，若干年后都能成为美妙的回忆。

我们聚会经常会说到一段故事：大概是大学二年级的春天，迎春花花开的时节。宿舍里的阿九，在从食堂买回来的豆沙饼里吃出来一根毛发，一半露出，另一半则扎根饼身中，轻轻薅，还薅不动。阿九脸红彤彤地要去讨说法，我们心中狂喜跟在后面起哄架秧子。到了窗口，阿九指着那根迎着微风浮动的毛发，怒发冲冠地怼着胖若两人的大师傅，在尔虞我诈的对视中，两方经过怄气兼磋商，胖师傅答应赔偿如下：10 个奶黄包。

有些食堂师傅注定会成为传奇。看三食堂煎蛋窗口的大叔煎鸡蛋是一种享受，他拈起一个鸡蛋，铛边一磕，大拇指轻轻一掐，一个鸡蛋就静悄悄趴到上面，被油轻轻舔着。整个过程行云流水，每一步都力求完美。等待的时间周遭仿佛是静止且无声的，只有他悬停着锅铲在等待下一个动作。他会细细端详自己的每一件作品并为之满意地点点头，荷包蛋非常的圆，几乎是一般大小，蛋黄居于正中，不偏不倚，像太阳般照耀在米饭上。蛋黄未能居中或整体不够圆润的“瑕疵品”，会成为大叔的赠品。大家都在等待瑕疵品出现，大叔当然知道人们的心思，我想他更享受看到人们略带失望的表情。大叔是个哑巴，世界以痛吻我，我亦报之以歌，我们都觉得他是个把生活过成艺术的艺术家。

大学的食堂传奇应该是华中理工大学，现在叫华中科技大学。这可是拥有30多个食堂的大学，且远近闻名，什么水平？举个例子，2015年中国餐饮产业发展大会揭晓了“2014年度中国餐饮百强企业榜单”，排名第77位的，你没有看错，是武汉华工后勤管理有限公司。

一到周末，我便瞅着机会去打牙祭。华中科技大学30多个食堂每个都很有特色，都有学长们向学弟学妹口口相传的“必吃”。西一的包子、烧烤和川湘风味；百景园和集锦园的早餐；喻园的汤包、牛肉面、黄焖鸡米饭；学二是最实惠的食堂，没有之一；学一作为清真食堂，大盘鸡和拉面必吃；东教工的鸡扒饭、牛扒铁板饭，韵苑的热干面；集贤楼，便宜又好吃，平均水平最高；生物科学院附近的教工食堂，每周三都有惊喜，红烧牛蛙、红烧兔子，有时候还有鸽子汤。嗯，都是因为周三有解剖课。

清华大学的食堂虽然没有华中科技大学多，但也是好吃不贵、花样多、有口皆碑的食堂，听涛园的大盘鸡拌面、肉夹馍、油泼面，芝兰园的手抓饭、小火锅，桃李园的菠萝抛饼、炸酱面，紫荆园的海南鸡饭、菠萝鸡片、豆沙粽子，等等，早年间便流传于各大BBS（网络论坛）。

自况为“治世之饕餮，乱世之饭桶”的梁实秋在清华大学吃了8年食堂，曾与室友打赌谁吃得多，创下过一顿饭吃12个馒头和3碗炸酱面的纪录。他在自己的小说《胸战》中描述说：“当啷！当啷！

水
桶

铃声震耳，午餐之时届也。一达李生之耳，即狂奔而出，直赴食堂，连食五碗，鼓腹而出。”不管梁先生写的是否是自己，这都被认为是清华大学食堂好吃的证据。

我吃过很多食堂，说也说不完。也许有天我也会怀念那个无底线的我司食堂，当我怀念它们时，你明白我说的是什么吗?

人和人，人和时间，那些共同拥有过的节点，在面对时间这把杀猪刀时，永远可靠。就像我们怀念的泡泡糖、干脆面、两毛一根的冰棍一样，是因为我们即便在那个物质匮乏的年代也对生活充满着热情。那是一种记忆的味道，也唯有这个，才会让暗黑系的食堂饭菜宛如盛宴。

让我们在菜市场终老

在我成长的那座小城，菜市场里，高手如云，各有际遇。

左数第三个卖鱼的摊位有两杆秤，其中一把动过手脚，熟人用一把，陌生人用另一把，街里街坊，人情轻重，在一杆秤里被衡量。

赵屠夫随手便能划拉出一块正好二两的肉，误差几乎没有。他做人也是，分两不差，一丝不苟。

卖菜的张大妈热情地帮你挑菜，甩水，称重，算账，找零，一气呵成，甩水的动作看起来很用力，其实水并没有甩出来多少，依旧藏在菜叶里，这样可以让每次成交多收获几毛钱，生活逼她变得精明。

菜市场里藏着一个平行世界，有专属的密码，需要浸淫许久，方可探知端倪。这里是大人们生活经验与人情世故的学堂，也是小朋友们眼里的生物世界。拥挤、嘈杂，活色生香，永远客似云来。生鲜肉味，蔬菜的泥土味，剁肉声，吆喝声，浸润其中，每一处都是生动而鲜活的真实生活。难怪古龙得出结论，世上绝没有人会在菜市场里自杀，“再心如死灰的人，一进菜市场，定然厄念全消，重新萌发对生活的热爱”。

最水灵的韭菜，最生脆的芦笋，最能蹦跶的鲈鱼，要想有收获，必须得起个大早，还要眼尖手快。我和她大清早前往，逛菜场的新鲜感消灭了惺忪睡眼，她说你真是一个会生活的人。我感觉此刻自己正闪闪发光，但其实会发光的应该是菜市场，而我只是沾沾它的光而已。

传统菜市场无疑是一座城市古老的生活智慧发源地，从祖辈沿袭而来的生活习俗习而不察地隐伏其中。它像一个根植本土的食材博物馆，透露着住在这片土地上的人的生活习惯。所以，逛当地的菜市场，可以窥见一座城市的灵魂，是阅读一座城市的绝佳起点。

立冬时节武汉的菜市场，时令的新鲜肯定是这三样：洪山菜薹用来清炒，巴湖的九孔藕用来做排骨汤，买点藜蒿回去就着自家腌制的腊肉，随便炒炒便是一盘可口小菜。

菜市场的价格标签多是自制，从泡沫箱上掰一块，插上小棍，写上菜名、价格，以及能招徕顾客的简洁有力的噱头：藕是“包粉”的，鱼是“梁子湖”的，排骨是“早上剁”的，萝卜是“脆甜”的，大白菜是“甜嫩”的，若是下定决心要比别家卖得便宜，牌子上会写“机会、机会”，字体会加粗，或者加一道下划线。在武汉的菜市场，讨价还价的关键词是“讲胃口”，意思是大家都是要面子的人，我提出来了让五毛一块的，你就不要把这个事情搞得很无趣了嘛。

武汉人的饮食习惯、性情爱好，都藏在了食材的选择和与摊贩的

菜场闲逛

你来我往中了。

外地人若是到了昆明，菜市场里都是些稀罕东西：黑色的长虫，野生的苦子，掏芽的佛手瓜，嘎里罗树皮，四棱豆子……立秋前后，吃菌子的最好时节到来，稀罕东西更是成倍增加：从名贵的松茸、松露、鸡纵、干巴菌，到家常的青头菌、见手青、牛肝菌，菜市场更加琳琅满目。复杂的地形地貌，多元化的民族，多样化的森林形态、土壤和气候，让这里的菜场处处透着自然的恩宠。

在成都，菜市场“早高峰”刚过，麻将桌便支了起来。倘若菜贩子麻将都不打了，集体起立，那一定是因为来的这位熟客，值得让成都人暂时放下麻将。每个菜市场总有几位VIP（贵宾）客户，讲究的家庭不吃剩菜，买得勤也买得多，有的家庭几代人住在一起，或者几代人习惯到了饭点到老人那里吃饭，这意味着一个人要买一大家子的菜，这样高频的、采购清单长的客户，自然就被商户们升级为VIP。

外地人大概很难理解一个大多数人平均月工资只有一两千块的地方，大家怎么舍得买一斤八十块钱的鱼。在无限的物质欲望中，吃大概是最容易实现的。平实富足，把日子过得有滋有味，把这样的生活理念，彻底贯彻执行的恐怕要数潮汕人，这个地区的菜市场就像上海的便利店一样随处可见，吃是潮汕人生活中的头等大事。

来买牛肉丸，店主定会为你配搭上用牛骨熬制的浓汤，再来一包油爆蒜头，让你到家后的这锅牛肉丸汤信手拈来。卖螃蟹的会热情招呼并建议：大个头的用来煲苦瓜汤，去火排毒还养颜，小的生腌也不错。买卤味，不管要多要少，想要哪一块就给你切哪一块，想要架子给你起鸡架子，想要腿就给你腿，想要脑袋，给你脑袋，并配上相应的辣椒米醋、卤水等。你买一条鱼，店主会主动询问：清蒸、煮粥还是吃火锅，以便进一步按照客人的需求来操刀杀鱼，煮粥给你切块，火锅帮你起片，刀工精细，回家就可以直接下锅。

在潮汕的菜市场里，几乎每个摊位后面都放着工夫茶的茶具，闲下来的时候小贩会做工夫茶。他们熟练地用热水烫茶杯，熟练地操作着“关公围城”“韩信点兵”这些潮汕工夫茶的冲泡手法，并招呼着买菜的街坊来喝茶。接过一杯茶，慢慢喝，如同这片奇妙的土地，其中的滋味也需要慢慢品尝。

城市阶层的逻辑，其实往往也隐含在菜市场之中。Haymarket是波士顿著名的周末市集，果蔬新鲜而便宜，主要由少数裔经营。以墨西哥裔为主的少数裔，将州内农民大宗出售后的剩余果蔬收购，再统一分发到各处移民区的低价蔬果店，他们中很多店主逢周末便集中在Haymarket售卖。而就在地铁Haymarket站旁边，也有个新建不久的波士顿公共市场，是本地农场与消费者直接接触的地方，这个市场内都是强调健康有机的农产品。

两个市场代表了两个阶层，满足着不同的需求，也被用来划分不同特征的领地：逐步改造完成的中产、各地游客的高端消费区聚集在南边；北边是移民区，主要是平民消费，解决的是城市贫民的基本生活甚至是营生。

不得不承认，菜市场也会聚集一个城市的美食，且自然生长。在武汉的任何一个菜市场里，少不了的一定是卖卤菜、熟食的店。鸭翅鸭脖、牛肉牛筋、卤藕海带、炸肉丸蒸鱼丸、发糕馒头热干面……每个小吃摊位，也从来不缺客流。毕竟，让我们流连不忘的，除了世界之大、江湖之远，还有这出身于本地街角巷头，集散于菜市场的美味。

潮汕地区的鱼饭最早都是在菜市场里出售的，这个习俗沿袭至今。衡山路菜市场是汕头规模较大的菜市场，菜市场干干净净，大量叫不出名字的鱼和海鲜，有着浓浓的人间烟火气。其他现做小吃也少不了，我去的时候临近春节，正是红桃粿上摊的时刻。香菇肉末做成的馅，米做成的皮，再在模子中制成寿桃的形状。“粿”在潮汕美食体系中尤为重要，讲究不同时令做不同的粿。

潮汕地区把冷盘小菜统称为杂咸，一进菜市场，最容易看到的，是各种不锈钢盆摆满了的杂咸摊，几十种，五颜六色的，很有冲击力。一碗白粥，配上几种杂咸，既草根又有点奢侈，打发一餐饭，就是这么简单。

湛江的东风市场能吃到新鲜现烤的生蚝，这家小店面积大概二十多平方米，大门外随意支了几张桌子，地面上横七竖八流淌着水渍，像几条张牙舞爪的怪蛇表示这里的美食只为勇者准备。生蚝都是由养殖户下午 4 点送来，当天加工，绝不留到第二天。做法简单直接，不开壳，不加蒜蓉，直接上火烤，烤得生蚝们口吐白沫时由食客自己撬开。新鲜而肥美的食材，无须过多雕琢便能让人垂涎三尺。

同样的情形我在绍兴也经历过。我在河桥经过的一个菜市场，竟然有现做的醉虾。刚捞上来的河虾，浸入黄酒，三两分钟后酒劲发作，动作渐显无力，在它们一只只玉体横陈、醉生梦死时，倒入调好的底料，即可大快朵颐。醉虾滑爽，上下牙齿轻轻一挤，鲜嫩的虾肉便滑到了舌尖。

生蚝也好，醉虾也好，二三人凑一起，来点面条，平分一瓶白酒，每一天都可以这样惬意地落幕。

肉在案上，菜在篮里，生活给予我们的必需和掌控餐桌的野心不仅仅始于烹饪，而是从决定买哪几棵菜或哪一条鱼就开始了。菜市场给我的安慰，像一个锚点。空茫茫不知前路，心慌慌探不到底时，去趟菜市场，一通采买，洗菜切菜，剁馅腌料，乒乒乓乓的人间烟火气驱赶了不良情绪，认真吃完一顿饭，添气力也添豪气。

“今天吃什么”与“今天怎么吃”，生活难或易，都逃不过这两个问题。其实一家人就应该是这样，大家平日里赚吃饭的钱，再商量买什么菜，吃什么样的晚饭。无论我们在何方，都是这样落在实处的具体生活，它也透露着你是谁。

爷爷的家宴

30 多年前，很多个夏天的傍晚，爷爷都会搬出竹床到院里，院子浇过水，还残留着水蒸气的味道，夕阳将落未落，但已经没有了白天的炎热。他躺着，我坐着，星空下，一把蒲扇、一杯泥壶里泡好的花红凉茶、一则老红军的小故事，构成了我童年记忆的骨架。少不了的还有那一碗浸了几根冰棍的绿豆汤，这碗绿豆汤好似将热烈的夏天细细煮碎，然后制造出的无限凉意，是庸常生活中的磅礴快意。

我对爷爷的很多记忆，都与吃食相关。中华人民共和国成立前，爷爷在武汉老字号的老通城当学徒，老通城豆皮因毛主席的夸赞而名扬全国，这让豆皮之美名盖过了这一名店的其他佳肴。其实，老通城提供早中晚三餐，除了小吃也有当地菜肴。爷爷驾驭食材的功底在那时便已打下，后来他又去百年老字号的四季美打工，学得汤包和烧梅等许多小吃的做法。所以我们一家，是一个有口福的大家庭。

20 世纪 50 年代，机缘巧合下爷爷进了公安系统工作，过去的学厨经历在他之后的“公务员”生涯中、在同事范围内形成了会吃会做的好口碑——他是那个年代的美食家。

作为长孙，家宴餐桌上最好的部分总被爷爷送到了我的口中。比如一碗鸡汤面，一筷子下去，撬起埋于碗底的鸡腿，我在爷爷慈祥的注视下眉开眼笑，而他似乎比我还开心。工作以后，在一些忙碌的日子里，面对一碗简单果腹的面条，我也会下意识地撬一撬面条，没有鸡腿的失落感曾伴随我很多个日夜。

20 世纪 80 年代初，物资依旧短缺，鸡腿尤甚。一个人吃一只腿，两个人吃就需要腿一双，哪里够吃？那时的鸡腿全部取自自家养的鸡，在没有工业化养殖的年代，即便是逢年过节，鸡都是稀罕物。自家阳台上或院门口隔出的小栅栏里，养上几只鸡，平日取蛋，过年宰了吃肉。爷爷的做法是，卸下两只鸡腿卤了留着给我，鸡身炖汤。

鸡汤是爷爷的魔术袋，直接喝汤是舍不得的，于是有了很多用法。除了下面条，也泡饭，目的是让“吃饱”这个终极目标实现起来不那么无趣无味。湖北以前吃烫饭，就是把剩饭与剩菜一起煮，有时候，也将刚煮好的饭，切些青菜加盐去煮，加点猪油就已算是提高待遇，倘若能加一点带油的鸡汤，一碗稀松平常的烫饭会顷刻间变成至美之味。烫饭一般在冬天吃，吃得热乎乎的，寒冬就这样被打败了。

烫饭想必是因泡饭而来，在以省吃俭用为美德的年代，中午的剩饭下午吃，没有电饭锅、微波炉，加热饭稍显麻烦，开水泡饭最简单。这还要有点技巧，饭盛到碗里以后，倒开水泡一下，然后将水箅掉，再倒开水泡，通常泡两次，饭就泡热了，冬天可增加到三次。吃

整整齐齐

泡饭配着咸萝卜条，一点也不差，如果泡的时候有一勺猪油，就不显寒酸，也不会难以下肚了。

米饭不缺，但菜得细着吃，是当时每个家庭的普遍状况。这种情况下，菜汤是养育子女重要的营养来源，将菜汤倒入米饭中，小孩也因颜色的变化而将其一扫而空成为可能，这是长辈们对付不爱吃米饭的小孩的绝招。最美味的是爷爷做的红烧鲶鱼或红烧武昌鱼，家里人多菜少，鱼汤泡饭是解决方案。一条鱼，汤多一些，当天泡饭，第二天剩下的汤在冬天会变成鱼冻，成为一道可口凉菜，是我儿时明晃晃的记忆。

唯一一个不借助外力就能让米吃到令人难忘的，是锅巴粥。这在乡下的家家（当地对姥姥的称谓）那里吃得较多。早年人们用比较原始的炊具做饭，其中铁锅和鼎罐，是极易产生锅巴的。锅巴是贴在锅底的，坚硬无比。将锅巴捣碎，加水煮成锅巴粥，居然香喷喷的，比正常米饭好吃。锅巴的极品，则是用柴灶铁锅焖饭焖出来的锅巴，加米汤煮，吃时只需一碟腐乳，便是人间珍馐。焖锅巴里含有人生的平衡术，那锅巴焖起来少一把火不香，多一把火焦煳而苦不堪言，唯有火候适中，锅巴才会脆而不煳，颜色金黄，芬芳弥漫。

物质匮乏时代的吃食，很多都是围绕着让米饭吃起来不那么单调而来。剩饭和雪里蕻，加个鸡蛋一起炒，起锅前放一点葱花，一碗油盐葱花鸡蛋炒饭就做好了，这是贯穿我整个童年的美食。武汉人将炒饭裹上两层蛋皮，在锅上刷油煎一煎，切方块，取名豆皮，就成了一

柴锅

个好吃的点心了。为了更好吃，有人将米换成了糯米，和炒好的榨菜丁、肉丁、香菇丁配在一起做馅，裹在蛋皮里煎时菜籽油换成猪油，这就成了后来商业化的豆皮。

豆皮是我们家传承下来的美食，爷爷做的豆皮在街坊四邻有口皆碑，母亲和姑姑继承了下来，它成为家里过年餐桌上的主食。姑姑后来在一个1平方米的小摊位上卖豆皮，竟也成为一方地界上一段短暂的传奇。

爷爷还擅长烹制鸭子，烹制前先让鸭子喝一点白酒，为的是让它加快血液循环，毛孔扩张，便于煺毛。爷爷宰杀鸭子是不用刀的，用手指点穴即可，鸭子的翅膀下有一个穴位，点一下，鸭子弹动几下就牺牲了。不放血的鸭子炖汤味道更好，且营养更丰富。

抓龙虾、泥鳅、鳝鱼、青蛙，是童趣，也是食材的来源。小时候我常坐在脚盆里，拿着两块简易木板滑进荷塘，采莲子揣兜里当作零食。碰见挖藕人讨要几块藕回家交给爷爷，会被称赞好几天。

有了藕，爷爷就会想办法变出排骨，红泥小炭炉上煨一锅排骨藕汤，这是平日里家族聚会的理由，很多家庭也是如此，久而久之，排骨藕汤成了家族记忆的图腾。所以排骨藕汤总被寄托着无限的期望，它不仅祛寒退热解乏生津，还十分神圣，在滋补身体的同时也滋补着记忆。

爷爷能分辨出适合煨汤的粉藕和适合做菜的甜藕，前者藕丝多，吃起来粉，能增加汤的浓稠度，适合煨汤。甜藕脆嫩，在没有排骨的日子里，它在爷爷手中变成糖醋藕片或藕丝炒肉，过年的时候则被用来做藕夹，上下放藕片中间夹肉馅，外面裹上面糊糊，油炸了吃。

小孩子是盼望过年的，腊月二十六前后，家家户户要为年三十准备吃食。炸肉圆子、炸鱼、蒸鱼圆子，以及卤牛肉和卤猪的各种部位，是必不可少的，这也是在告诉街坊四邻，这一家过的是一个丰盛的新年。做菜时，奶奶会责备我偷吃，爷爷则会鼓励说，多吃点。

大年三十的年饭，在自家陋室，一家人一起操办才有味道，家里人一起打下手，生火、做饭、择菜、洗碗……争着忙、抢着干，炉火锅铲的铿锵声，热闹蒸腾的烟火气，家长里短在充满饭菜香的空间里，交织成温情脉脉的画面。

排骨藕汤的藕粉不粉？红烧蹄髈火候够不够，是不是炖烂了？大家都爱吃的炒菜薹和腊肉炒泥蒿要不要多准备点？昨天准备好的蒸肉米粉咸淡不知是否合适？主食要不要准备，要白米饭还是炸点欢喜坨？要不要准备玉米羹或伏汁酒当甜品？压轴的红烧武昌鱼翻个的时候表皮是不是破了……爷爷张罗的年饭，菜肴的配制是一个整体，有序幕，有高潮，有结尾。荤素搭配，甜咸相间。

一切需要周密安排的细节，在爷爷的脑子里高速运转。他哪里知道，以他为核心的年饭家宴，大家是满心期待、偷偷欢喜的，没有人会因为差错而埋怨，即便省略若干也没关系，只要该在的人都在一起。

人对味觉一定是固执的，坚守着的故乡味觉也希望传到下一代，下下一代，在潜意识里，味觉维系着乡土亲情。过去这些年，我对学做香肠、腊鱼腊肉、豆皮、鱼圆子这些家乡吃食兴致盎然，如今我也能独自操持一桌传统菜肴。我的儿子，想来也是脱不开这样的味觉系统的，在未来某个时刻，我想他也会像我眷恋爷爷一般思念我。我总在想，如果爷爷能吃到我传承于他的味道，是否会比看到我发现埋于面汤中的鸡腿时还要开心呢？

乡愁是味觉上的思念，程长庚，我的爷爷，他的食谱家馔，深植于我的记忆与生活。虽然我已经描述不清楚他那碗排骨藕汤的味道，你知道，那些都已不重要。

鱼头泡饭：小时候的味道

作为一个饭馆的名字，鱼头泡饭，如果稍微加一点联想，生活在鱼米之乡的人们，就会想起小时候用鱼汤泡饭的画面。

它是时下武昌最火的餐厅之一，由卢永良创办。从主打到小菜冷碟，全由这位曾给叶剑英、李先念等国家领导人做过家宴的中国鄂菜大师研发设计。开业以来，几乎没有不排队的时候。晚饭时间，即便5点半抵达，餐厅里也已经黑压压坐满了一群排队的人。

顶着大师的光环开餐厅，卢永良不怕没有弟子追随，也不担心没有食客捧场。实际上，自开业几个月来，很多人并不知道这家店与卢永良有关联。“我就是想看看，这个味道行不行，所以选择默默开业。”卢永良说，按照计划，什么宣传也不做，也不提自己的名字，目的是去掉慕名而来的那些人，看看食客们真实的反应，结果不到两个月鱼头泡饭就成了“爆款”。

我特地选在了中午排队较少的时候前往。武昌欢乐大道上，黑瓦白墙由一座4米多高的徽派门楼连接，上书“鱼头泡饭”四个大字，很好辨认。走进门楼，一锅咕嘟着的卤肉和正在现场制作的油豆皮两个档位夹道欢迎，从腾腾热气和酱卤肉香中穿行而过，映入眼帘的是一个偌大的鱼池，游弋着今天的午餐。鱼池外圈规整地摆放了两圈等位专用的椅子，如果坐满人，便有围着鱼池开会的感觉。

来的客人都要吃鱼，产自清江的胖头鱼是主打食材，胖头鱼也是湖北人饭桌上的当家鱼种。鱼头红烧，用一个硕大的砂钵盛着，被两个服务员抬上来时，我确实有些被吓到。鱼身之肉去皮做成鱼丸，也就是湖北人口中的鱼圆子，将鱼圆放入用鱼骨熬的汤，构成汤食。一鱼多吃，吃肉喝汤闻香。吃得差不多了，用烧鱼头的浓稠汤汁泡米饭吃。米饭是用特制的不锈钢锅放在一旁现焖，加热方式居然是锅底放一个杯口大小的酒精杯。一袋 500 克的东北大米，一瓶 600 毫升的矿泉水。吃鱼的时候，饭香就会阵阵传来。一套下来，构成了卢永良所说的“主打的单品”。

这其实像是一场试验，卢大师希望找到他想要的那个味道。“鱼圆子是乡愁，鱼汤泡饭也是。”卢永良的父亲是南湖的渔民，所以他对童年时原生态的烹调方式做出的味道有着深刻的记忆：劳作辛苦了一天的船家，肚子饿了，顺手在河里捞起一尾鲜鱼，舀起河水，再配上农家地里种的萝卜和辣椒，就着柴火，煮得那锅里泛起奶白的鱼汤，一股子攫鼻的香味直冲肺腑。卢永良家里有 10 个兄弟姐妹，小时候一条鱼不够吃，所以要多留汤，用汤泡饭吃，那种鲜美，“光想起来，舌头都要掉了”。

为何记忆中的那个味道如此绝妙？因为那是藏在味蕾中的乡愁。不是张翰那种因为家乡鲈鱼美而思归的乡愁，而是由故乡的饮食而引起的对故乡、童年的想念，这种乡愁于中国文人笔下不绝如缕，尤其是人漂泊于都市之中，更是怀念故乡饮食的原初之美。很多时候，在外的游子总免不了感慨："真想吃妈妈煮的菜啊"，"这个菜的味道像是妈妈做的"，"我们家也有这个菜"……很多时候，不是大厨的手艺不如人，只是那份感觉不对。

见我将金黄的鱼汤淋入米饭，卢永良连连催促："快吃吃，说说什么感觉？"我说："这有点像是一个开关，打开了我很多儿时的记忆。"其实在看见店名的时候，我就已经有了这样的期待。卢永良听了非常开心，连连感谢："找到那个感觉，勾起一些美好的回忆，这是我想做的。"大师事厨近 50 年，这想必也是他对过去追求豪华奢侈或千篇一律的快餐式饮食格调的一种反抗吧。

说是单品，但其他菜式的花样也不少，霉干菜烧茄子、油渣炒小白菜等，都是典型的湖北渔家传统小炒，乡土气息浓厚。湖北多水，河鲜水产数量众多，这为湖北人大多是嗜鱼馋腥的"鱼猫子"奠定了坚实的基础。很多人小时候喜欢用鱼汤淘饭吃并形成"习俗"，借此去寻求认同，去寻找儿时的味道，卢永良把这当作一次"旅行"。

一条活鱼，从刮鳞去鳃开始，到做成一碗鲜美的鱼丸汤，只用十分钟不到。若不是亲眼所见，说什么我都不会相信。这天中午，卢永良兴致大发，亲自示范，鱼肉横飞之时，他还追忆了往昔峥嵘岁月：

“我在大中华时，一度每天要宰杀500斤鱼。”40多年前，卢永良在大中华酒楼开始了他的烹饪生涯。大中华酒楼是老武汉食客心中的丰碑，毛泽东的那句“才饮长沙水，又食武昌鱼”的感慨便是在这里发出的。

如果说收拾鱼的麻利依靠的是熟能生巧，那么做一碗鲜美的鱼圆汤，则处处都是经验和窍门。做鱼圆汤最好的食材是翘嘴白，浙江一带叫白鱼，其次是胖头鱼。胖头鱼的身子，很是鸡肋，其他做法味道都不怎么样，唯独做鱼圆子一等一。

只见大师麻利地切下鱼头，剔骨、去鱼肚、去皮，只留着剔下的鱼柳。将鱼肉放入搅拌机加入姜、盐、淀粉水、清水和蛋清搅拌，搅拌的这会儿工夫，还不忘谈及从前：“以前是用刀剁，在砧板上，双刀起落，咚咚有声，鱼肉在密刀之下渐成软泥。”他还提醒我，搅拌机会发热，现在冬天不打紧，要是春夏，搅拌时鱼肉的热度一旦超过人的体温，就会腥，所以要加入冰水，并用低速搅拌。

搅拌好的鱼泥，要抓一把放在另一个碗里与少许猪油混合，用手搅匀，这个过程称之为乳化。淡粉色的鱼泥乳化好后呈奶白色，这个过程要持续几次，直到超过一半的鱼泥完成乳化，才可全部混合一起。动物脂肪用来提鱼的鲜香是湖北厨子的经验，但如果从一开始就直接将猪油放入量大的鱼泥里，猪油就会被鱼泥包裹住并呈颗粒状，怎样也无法拌匀了。

捏鱼圆需要善用手掌的虎口位置，小汤勺辅之，以将鱼圆放入清水。我们这条6斤的胖头鱼，用来做两吃，最后出来了一斤二两共51个鱼圆。30摄氏度温水下锅，鱼圆浮其上，此间要不断地扬汤止沸并让鱼圆翻滚，让它在汤中如生活般折腾。水要沸没沸时加入冷水，以防止鱼圆膨胀影响口感。判断鱼圆是否煮好的标准是，手指按下去能回弹则是好的，凹进去回不来就不行，做好的鱼圆，要求落地不碎，咬下一口，有清晰可见的牙印，并且不会因此而变扁，吃至最后一块碎片，仍然是一个有效的弹性单位。

“吃鱼不见鱼”，这才是一碗正宗的湖北鱼圆，鱼圆白如象牙，质地光滑，珠圆玉润。卢永良举起一颗，稍稍端详，送入口中，咀嚼几下之后，自己也感到满足：“这就是小时候的味道。”

江湖

黔菜：大师古德明与他的上万门徒

作为省会，贵阳是经济意义上的贵州第一大城市，但在人口和面积层面上，贵州第一大城市却是遵义，再加上民间“吃在遵义，玩在贵阳”的说法，我把寻找贵州吃食的重点和第一站，放在了遵义。

古德明：“教父”级烹饪大师的此地书

过了狮子桥，沿着湘江河边的斑驳小路，不一会儿就到了古德明老爷子与我约定的安居菜馆。推门进去，他正喃喃劝慰着对手：“悔棋是不好的，悔棋是不好的。”老爷子退休多年，下象棋是平日里最大的爱好。

86 岁高龄的古德明，是国宝级的烹饪大师，专攻黔菜。从邓小平到胡锦涛，十多位国家领导人都曾不同程度地表达过对他厨艺的赞赏甚或是惊艳。“古派”的菜品与故事是民间津津乐道的谈资，但民间不知道的是，现如今遵义城的行政总厨半数以上都是古派弟子。

初次见面，和我想象中的白胡挂颔不一样，老爷子头戴绅士帽，身穿深色短风衣，像是从民国走出来的风雅文士，在他身上几乎找不到一丝在厨房油烟中摸爬七十多年的线索。但年轮已然爬上额头，从他脸上的皱纹，隐约能读出一波三折的往事。他的表达能力令人印象深刻，抑扬顿挫，声如洪钟，一说起做菜，手就比画了起来，刻着沧桑的眼里一丝光彩闪过，那光彩流转着的，全是故事吧。

古老爷子说，作为黔北菜的代表，遵义北面就是重庆，最开始确实主要受川菜影响。很多菜现在已经因为融合"傻傻分不清"了。比如宫保鸡丁，"我们所说的这个菜，是贵州菜，源于清朝名臣丁宝桢，他是贵州人"。丁宝桢因戍边御敌有功被朝廷封为"太子少保"，人称"丁宫保"，其家厨用花生米、干辣椒和嫩鸡肉烹制的炒鸡丁，被称为"宫保鸡丁"。现在只能根据刀口来辨认，贵州的鸡丁要稍小，呈鸡花形状，要开十字花口。与宫保鸡丁一字之差的辣子鸡丁一样，贵州、四川都说它是自己地域的菜。

在清朝之前的四个朝代，遵义都被称为播州，属于巴蜀之地。"宫保鸡丁属川还是属黔？我们的底气确实不够足，"老爷子笑着说，"辣子鸡等很多菜，确实不算传统的遵义菜。"遵义的传统菜肴大都是来自贵州官府菜的播州宴席，被分为硬八碗、中八碗和水八碗。有钱人家吃硬八碗，材料配菜都是用的顶尖食材，大海鲜类的食材也有，甜品里头是要有燕窝的；中八碗是中产阶层吃的，以本地的新鲜食材和地方高级加工制品为主；水八碗是普通百姓所食，现在遵义菜里的盐菜扣碗和八宝糯米饭等就是由水八碗流传下来的。

“其实说来说去，黔北菜最大的特点就是融合。”古代的贵州是封闭的，中原人士视贵州为殊域。政治上，贵州远离中原，并长期与中原保持着教化与被教化的关系。地理上，秦岭和巫山、沅水和乌江阻挡了汉、楚文化，17 个少数民族世居于此，后来又迁徙来近 30 个少数民族，所以贵州吃食的底子，是少数民族风味。

贵州菜最大的融合发生在抗战时期，贵州因是大后方，大量达官贵人、商贾移居西南，贵阳、遵义是主要的承载地。随着他们迁入遵义的，还有小上海、大江苏、老四川、广东味、天津狗不理等各地的名店名厨。古老爷子正是在这段时间入的行，“十几岁的时候一直是做小手艺，炸油条、做包子”，从 20 世纪 40 年代中期开始，他先后在遵义浙餐厅、上海酒楼、北平正阳楼、中原饭庄、蓉渝菜社等饭馆学厨、打工，后来甚至还学过东欧菜。

师从鲁、川、粤、浙等菜系的名厨，是黔北当地厨师当时普遍的经历。各地名厨来了以后，入乡随俗，就地取材，在保留原菜系烹调技艺的同时，从贵州消费习惯出发，推陈出新。“早期遵义的菜肴偏甜，淮扬菜、杭帮菜颇受欢迎，是因为当时一些有钱的遵义人抽大烟，嘴巴是苦的，所以菜要做成甜的。”而本地黔菜馆也吸收了鲁、川、粤、苏等菜系的长处，与本地技艺融为一体。

菜系的融合造就了一批“新生代”黔菜厨师，那也是一个食客的黄金年代，在民间的传说与街头巷尾的谈资下，有了大众口中的“门派”，如贵阳的丁派、赖派、邹派，20 多岁便已在遵义成名的古德明，是遵义的“三少”之一。到 20 世纪六七十年代，遵义民间给步入壮年的“三少”赋予了新的说法：沈家刀、汪家炉、古派全，“全”是全能的意思，古派的菜肴吸收了各家所长。

中华人民共和国成立以后，遵义作为红色革命根据地，国家领导人多有造访，这也是遵义宾馆比全国各地酒店的接待工作要重很多倍的原因。从 1957 年开始，古德明主持遵义宾馆的厨房工作长达 40 多年，他也是原地委机关首长厨房的总班长。邓小平、贺龙、李先念、江泽民、李鹏、朱镕基、李瑞环等很多国家领导人和外宾都吃的是老爷子的手艺。

“领导吃饭一般都不会单独提要求，但我会根据他们的籍贯和生活地去推测他们的饮食习惯，用贵州本地的食材做他们习惯的口味，再加上几道贵州风味，就差不多了。”根据古德明的经验，遵义当地小吃很受领导喜爱，所以每次他都会准备遵义的羊肉粉、豆花面等。邓小平来遵义两次，都点名要羊肉粉、豆花面，吃得高兴了还跳起舞来；因为小吃一般装在小碗里，有一次李瑞环吃了羊肉粉还跑进厨房找大碗；朱镕基爱吃辣，贵州菜式特别对他的胃口，所以古德明会多配一些，有一次朱镕基吃得很满意，还端起酒杯和夫人一起跑到厨房来给大家敬酒。

老爷子印象最深的是，有一次江泽民来遵义视察，饭桌上菜不够吃了需要加菜，做菜的原料都是新鲜采购而来，已被用得所剩无几，做什么菜？可腾挪的空间有限。肉是有的，古老在做不做扬州狮子头上犹豫了下，最后还是决定做一道与扬州的半汤菜口味接近的自创菜：把熟鸡蛋剥壳留下蛋白，用开水汆一下，和鸡皮、竹荪一起用鸡汤一烩，“没想到他很喜欢吃，吃完还问菜名”。说到这里，老爷子有些得意，竹荪是贵州的特产，这道菜的做法也是取自传统播州宴席中的三鲜烩竹荪。

问起贵州有没有一道菜像龙井虾仁、葱爆海参那样能够代表一个菜系的，古老爷子侧着头自问自答般数了数：“宫保鸡丁，来路的争议太大；糟辣鱼是典型黔北菜，但代表不了贵州；八宝狗鱼不错，但娃娃鱼成国家保护动物以后，传统的调味技法失传了；酸汤鱼可能勉强算一个，但更多还是代表了少数民族风味，代表整个黔地似乎还差点意思。”说完，老爷子叹了口气说：“完全能代表贵州的菜，目前还不存在。”

“调料中倒是有能代表贵州的，比如煳辣椒。”煳辣椒不需要任何辅助的调料来加工，是经过烘烤后天然的味道，它用途广泛，最常用来做蘸水。讲究的做法，是要取遵义小米椒的辣、遵义“小子弹头”的色、百宜辣椒的香，将新鲜辣椒在柴火炭灰中烤炙成焦，用手搓或用石臼舂成煳辣椒面。“炒煳辣椒和做人一样，不能心急，要想有自然的香味，就一定要用柴火慢条斯理地小火烘焙。”

“不管怎样，中国各大菜系之间的界限已经开始模糊，彼此之间多有融合。说不准哪一天，人们不再讲究是哪里的菜，也许会更关

锅气

心是哪里的佐料，哪里的食材。”老爷子刚说完，我脱口而出：“说不准也会讲究是哪一位厨师呢？”老爷子听了“嘿嘿”了一声，不置可否。

中国古代没有尊重厨师的传统，历史上只有著名的食客、著名的菜品，少有著名的厨师，偶尔有几个厨师的身影掩藏在一些文人的笔记中，也是影影绰绰，不见真容。这种情况现在其实也并没有好到哪里去，不过遵义可能是个例外，许多上了年纪的当地人都知道古老爷子的大名，这可能也得益于古派在当地的“统治力”。

古老爷子每年和徒弟们一起过年，是另一番感慨。和数十个徒弟一起过年，这个传统延续了 30 多年。老爷子的第一代弟子，平均年龄早已超过 55 岁。在整个古派，第五代弟子都有了。按照第三代弟子黄永国的介绍，古派弟子全国至少有一万人，一半在贵州，多活跃于一线，而遵义所有餐厅的行政总厨这个位置上，超过 60% 是其门下的徒子徒孙。

在一些重要的事情上，弟子们还是要请示师傅的。比如要成立遵义红花岗区餐饮协会，很多筹备工作都在安居菜馆进行，菜馆的老板、老爷子的得意门生张建强，是协会临时会长，他会时不时汇报并听听师傅的意见，老爷子下棋的时候偶尔也会指点一两句。对于要开设培训学校一事，老爷子提了两点要求，并郑重其事地写在了纸上：不误人子弟，不浪费国家钱财。

虽然年事已高，但老爷子现在还时不时下厨做菜，每个月有一半时间要给老伴做早午饭。一般早市走一圈，什么蔬菜新鲜，买回去简单炒一下，讲究吃得健康。逢年过节、家族聚会，会做一些晚辈爱吃的，糟辣椒烧鱼、辣子鸡、糖醋瓦块鱼是最受家族欢迎的菜。老爷子有 5 个子女，最小的孙子现在已过 40 岁，曾孙绕膝以及晚辈们把自己烧的菜一抢而空时，是他现在最高兴的事情。当老爷子说起不是研究生就是博士的孙辈时，一旁的徒弟们插嘴帮忙一一介绍，可见这些骄傲和喜悦，经常被分享。

数十年来，老爷子不断地跟自己的记忆告别：龙溪桥下，20 世纪 60 年代的“刑场”早已不再有枪声；万福桥的鸽市早已不见；老城墙的砖石大都被人挪走建成了房子，现在可好，连砖都少见了；那条就叫老街的青石板路，是老遵义人记忆的坐标，如今只存在于黑白映画之中；自己总抽的红盒软包的遵义牌香烟也没有了记忆中的味道。

唯独那些口腹之物，顽强地流传至今，这座城市的亲情、友情、爱情、乡情似乎全揉进了硕果仅存的美食之中。在老遵义人的味蕾上，一碗羊肉粉、豆花面，都透着浓得化不开的感情，平凡的盘中餐似乎也能吃得出缱绻的滋味来。

黔菜的历史与传承，遵义餐饮的江湖往事，古老爷子娓娓道来，他讲述的不仅仅是黔菜，也是此地书，他在这里成长，也在这里老去。

播州宴席与众弟子们

播州食府的创办人杨明芳，是古老爷子徒孙辈中的佼佼者。一般人说黔地有好酒无好菜，其实遵义的餐饮文化也有数百年历史。古老爷子唯一觉得有些惋惜的，就是历史悠久的播州宴席没能得到流传。杨明芳就在做这件事——挖掘播州宴席中的菜品。

这天，临近冬至，杨明芳终于邀得师爷及一众师叔来吃羊肉，欢喜得很。一来，夙愿得偿，二来，向师爷讨教播州宴席如何恢复。对于他的小心思，很多师叔也乐得成全。

播州宴席散叶到民间，主干是土司菜。土司是古播州地区自汉代就有的“职务”，相当于现在的省委书记，不同的是，土司是一方诸侯，对政治、经济、军事都有自主的权力，并且世袭。杨氏家族占据播州前后历经 29 代，历时 700 余年，而杨明芳是官方认可的杨氏后代。

作为土司阶层的独特餐食，土司菜相当于贵州的官府菜。一般土司菜宴客的规模都是三冷荤、四热菜、四坐碗、八小碗、一汤钵、十二围碟以上的规模。由于做工繁杂，到了明清时期很多菜式逐渐在民间消失。若要找到相关菜式的线索，就要找有传承的长者收集做法，或者找早期记载下来的土司菜谱。绝味金牛掌、播州素鱼是杨明芳从长者处收集而来，现在正在研发中。土司菜中最为成熟的菜式是遵义烘杂烩，是传统播州菜肴中水八碗的代表，也是古老爷子推崇并擅长的，其烦琐的制作流程，基本代表了贵州官府菜普遍的技法。

做遵义烘杂烩，首先要将鸡蛋调制成蛋糊，烫成蛋皮摊开，再铺入瘦肉做的肉馅刮平，均匀裹成直径 1 厘米的长条，上笼蒸熟后切成 1.5 厘米厚的片；把加了泡打粉的鸡蛋做成芒果状的蛋粑，下油锅炸成金黄色改成滚刀块；用腐衣卷葱花入油锅稍炸后切成片；去皮的红薯切成滚刀块下油锅炸成金黄色，糯米锅巴也要炸酥。

再另起一锅放入猪油，下姜葱蒜炒出香味，注入熬制好的骨汤并烧开，调入精盐、白糖、胡椒勾芡，撒葱花倒入汤碗。调汤的同时，将此前准备好的蛋卷、蛋粑、红苕、腐衣再入油锅内炸酥脆装盘，铺上炸好的锅巴。确保刚装好盘，汤也好了，同时上桌，将汤倒入盘子中。这时厨师若没有思想准备则会容易受到惊吓，因为汤浇上去时，会发出雷响，炸好的料如同遭遇了化骨绵掌，虽然外形没有变化，但内里已经变酥软，所以这道菜又名雷菜，吃起来是鲜香味道，外脆里糯，回味无穷。厨师功底全面决定了这道菜的门槛。现在遵义的许多餐厅，大多只留下了扣在盘上的锅巴，并将调成糟辣口味的汤汁淋上去，高汤和那些费时费力费工的炸物都已被“取缔”。

凤羽酸肝也是土司菜，直接源于傩文化的凤图腾，极为讲究刀功，做这道菜要把猪肝切成梳子花，用糟辣椒浸染，再用特殊的调料泡制，爆炒装盘。菜形如同羽毛，色泽红亮，入口微酸轻嫩，香糯爽口。奇妙之处在于，酸这味调料，通常会使猪肝变老，而在那秘制的调料腌泡之后猪肝反而会变嫩。这道菜，早期很多国家领导人都在遵义宾馆吃过。

遵义宾馆的存在，一定程度上让部分播州菜肴的传统技法得以流传。这家宾馆也是这座城市的缩影，它的政治、文化意味，遵义人都能跟你说上个一二三来。在过去的40多年里，“最好吃的贵州菜在遵义宾馆”，是民间普遍的认知，能够在这里宴请贵宾或娶亲嫁女，是父辈们完成夙愿的最高礼遇。

这40年是属于古德明的，他也让遵义宾馆走出来了十多位黔菜大师，随便哪一位在“江湖”上都是响当当的人物。可以说，他们继承了一些传统技法，也奠定了当代遵义菜的基本味型和菜式。

王永杰和谢文新，是古德明执掌遵义宾馆后厨40多年时间里，最信赖的左膀右臂，也是古派第一代弟子中备受尊敬的两位师兄，在杨明芳此番宴请的座次上，二位师叔分列古老爷子的两侧。平日里，师叔侄之间也多有厨技交流，互相做、互相品，并给出建议。

二人的拿手菜，是八宝娃娃鱼。这款菜肴是播州宴席中的极品食材，在早期遵义宾馆高级宴请中经常出现在居中的压轴位置。在王永杰和谢文新看来，娃娃鱼未来可能会是代表贵州的高档食材。现在娃娃鱼已经实现了人工养殖，尽管比起野生的还差点意思，但仍是不可多得的好食材。

作为一种生活在深山溪水中的两栖类动物，杀娃娃鱼需要做到血液不流出体外，以确保肉味更鲜美，同时还需要去掉表皮的黏液，所以宰杀方式比较特别，因过于残忍在这里不再描述。八宝娃娃鱼大致的做法是，将鱼肉切成块后，与火腿、鸡片、金钩、玉兰片、冬菇、竹荪、大蒜、瑶柱等贵州八宝配料一起入油锅爆炒后拼盘，加高汤上笼锅蒸透，出笼时撒上胡椒面、淋上麻油，方算完成。还没端上桌，一股清香便已飘来，菜的外形非常漂亮，汤汁清澈，令人赏心悦目。口感极其鲜嫩，鱼肉像鸡蛋般鲜嫩滑口。

王永杰是遵义市烹饪协会的秘书长，1996 年拜古老爷子为师，一直在遵义宾馆工作，直到 2010 年退休。他的绝活是雕刻，一只心里美萝卜，3 分钟雕成玫瑰花，现在仍不在话下。遵义宾馆在辉煌的时候有 6 个厨房、40 多位厨师。国家领导人来了，古德明会根据领导人的口味确定五六位厨师组成“临时工作小组”，由他统领并负责调度，确定菜品。“老师喜欢我和谢文新等师兄弟的踏实，一般这种重要的工作总会由我们几个来完成。”王永杰说。

上灶、上墩子、点心、冷菜、雕刻，厨师也如相声的说学逗唱般有固定的功课和方向，都是从一门开始，尽量多学其他的。十多年以前，厨房里配菜的是老大，厨师看配料、看刀口就知道这个菜要怎么炒。在遵义宾馆共事的日子里，他们师徒彼此间的配合非常默契。

“现在的厨师都是单手，只会一门。”说起这个，王永杰想起了自己从部队转业刚学厨时的辛劳：三年打杂，再上案子，切好菜了再上炉子，过程非常辛苦。后来他才知道，这是中国古老的师承制中，师傅不会交代清楚的“私心”：练基本功是一方面，更重要的是，师傅会在你蹉跎、枯燥的学徒生涯伊始便暗中观察，看你喜欢不喜欢，勤快不勤快，性格、人品都能从中看出端倪。

朴实、本分、勤劳，是我对古派第一代弟子的印象，想必这也是古老爷子收徒的品格要求。75岁的谢文新是古派的二师兄，12岁就开始跟着古老爷子在遵义宾馆，一直干到一起退休。1981年，谢文新曾被调到中国驻捷克使馆，给大使做菜干过两年，1991年，外交部又叫谢文新去捷克，师傅就不让了。

说起这个，当着师傅的面，谢文新还要笑着埋怨几句："我是被他给耽误了。"从两位老人眼神的交流中，我判断这更多的是徒弟向师傅"撒娇"，不然古老爷子也不会说："我要是让你走了，哪个和我下棋？"厨事、篮球、象棋、麻将，贯穿了师徒二人形影不离的这60年。在和师傅棋局对弈方面，就算使出全力，谢文新也只有二成胜率；篮球赛事，师傅总是最出风头的那一个；师傅年轻的时候，皮鞋衬衣，风流倜傥，这些都让他感慨不已："师傅是我要仰望的高山。"

这天在播州食府，古老爷子把谢王二人拉着一起，说"播州宴席"，老爷子努了努嘴，点了点头，后面不再多说一个字，那份期望的特别之处，说了等于没说，不说又如同说了出来。

张建强的家宴：惊艳的牛蹄

味道来源于生活，所以美食的基底是家宴。到遵义的第三天，我和摄影记者一起，在清晨 6 点，跟着张建强去采购午餐的食材，他邀请我们体验黔北人家的家宴。只不过，寻常人家家宴的操作者不似张建强，有着烹饪大师的头衔，他是古德明老爷子的徒弟，麻将三缺一时的第一替补。

一座城市最早苏醒过来的是菜市场，遵义的春天路市场可能要更早，据张建强介绍，很多肉商菜贩，晚上 11 点就已开始出摊，以迎合一些半夜吃完消夜和邻县的厨房采购，这里是存在了 30 多年、遵义最大的菜市场。

开始逛菜场之前，张建强提议先吃一碗羊肉粉，我对它也是惦记了许久，欣然附和。就在春天路路口，他指着招牌最大的一家说，就它了。因为住在附近，张建强经常来。黔地师傅善用甜，糖无处不在，讲究的是那种“气若游丝”的回甜。“这家羊肉粉以甘草回甜，蛮特殊的。”

每到冬至时，遵义都有吃羊肉粉的习俗，俗语称：“冬至一碗羊肉粉，一个冬天不会冷”。遵义羊肉粉成败都在一锅汤上，当地的矮脚山羊是关键，鲜羊肉和羊骨放入锅中，小火慢炖至汤清而不浊、鲜而不腥。讲究的，必会与一只老母鸡一起炖，并放少许冰糖，让鲜香更突出。食客能看到的部分，只有简单的几个操作：米粉放入大碗之中，码好羊肉片，再用滚烫的羊肉汤浇烫两三遍，加香菜、葱蒜、红油等佐料。每个桌上都有一大碗煳辣椒，食客自行添加。虾子镇的羊肉粉是遵义公认最地道的，镇上的闵家羊肉粉，从早到晚都有人排队。遵义大连路上的虾子羊肉粉，是市里最受欢迎的店之一，老板也是虾子镇人。

一碗羊肉粉，驱散了清晨的寒意，市场也开始拥挤起来。家宴所需的一切张建强已了然于胸，和烹饪大师一起选料备货也让我们骄傲地昂起了头。我跟随着张建强，看他在人声鼎沸中气定神闲地挑了把新鲜的野葱，野葱葱白较大，闻起来比家养的葱味道要明显厚实，野葱在遵义是拌菜、打蘸碟的良材。

买肉时，肉贩按照他的要求下刀割肉，张建强要的是一条三线肉，是五花肉中更具体的部位的一段肉，简单说来是肥肉稍厚一点的肉。肥肉那一层颗粒是否匀称，决定了炖肉是否足够香，这是张建强在意的。对猪油的讲究，遵义能与潮汕媲美。

肉挑好后，屠夫会用一头连着煤气罐的“火枪”烧一下肉，遵义的猪肉都是这么卖，目的是去掉肉身上的汗腺汗液，代替了焯水。我第一次看到，甚是惊奇。遵义的屠夫是生活在另一个空间的人，凌晨2点开始杀猪，清晨开卖，一天挣个几百块，卖完去打麻将，下午睡觉到第二天凌晨1点多开始干活。

张建强是我和古老爷子见面的安居菜馆的老板，饭店里一般动手下厨的都是徒弟。过年必然要在家里主持一场家宴，他所住的那个单元，一层四户，兄弟姐妹四人加上老母亲，都住在这一层。所以张建强把这一层多做了一道门，让走廊成为家族私有的空间。这样的结构，过年时的热闹景象，轻易就能在脑子里想象出来。

平时若真想做一顿，取决于春天路市场里有没有可以打动他的新鲜食材。比如清晨在市场难得邂逅了一条活的红尾鲤鱼，遇上了就动了做糟辣鱼的念头；碰到了极为新鲜的薄荷叶，炒盘牛肉是不错的选择，遵义的豆花面的臊子，薄荷叶也是必备；倘若在冬末初春碰上了何首乌这款野菜，那是绝对不能错过的。何首乌的嫩叶和嫩尖儿，掐成小段，烫过水后，拌着吃，清新、微酸，很开胃。很可惜，这些都没到时候，于是张建强买了一份苕尖，当作家宴中调剂颜色的蔬菜。

如数家珍的张建强看见了一把折耳根不错，指着说："怎样，你要吃得惯，来一把？"折耳根是贵州人独爱且普及的东西，最流行的吃法是直接凉拌，或与笋丝、酸菜拌一起。我有些惭愧地告诉他，这个东西在北方叫鱼腥草，长相和我家乡的野泥蒿很像，在北京看到时以为是野泥蒿，如获至宝地买了回家炒腊肉，后来恨不得连锅都给扔掉。张建强听了大笑："兄弟，不怪你，驾驭不了折耳根的人确实是大多数。"美食大家汪曾祺对此物也曾表示过"实在招架不了"。

我们这趟菜市场之旅，牛蹄子是最主要的目标。全国范围内，只有贵州吃牛蹄子是普及的，因为制作麻烦，加上大家钟爱的食材逐渐稀少，这些年，家庭餐桌上牛蹄子已寥寥无几。三岁龄以上的土牛的蹄子是张建强要寻找的，现在只有在一些偏远的地区才能买到，所以这天更多的是碰碰运气。牛的年龄可以从脚壳的颜色去判断，颜色越深，年岁越长。我们走了一圈，达标的没有，张建强只得挑了一只之前看上的"次选"，"今天的牛蹄子，只能将就了"。

返程，意味着离那顿家宴又近了一步，我内心是雀跃的。几分钟的路程，我们到了张建强家所在的小区，和我想象中的食神应该“隐于阡陌小巷，又身处闹市之中”的感觉一样。进了门，他就开始闲庭信步般准备着。

处理牛蹄子是件颇为麻烦的事，要用热水、冷水交替多次，还需要放姜片和橘皮，目的是去掉牛脚上的汗腺和异味。三次焯水结束后，砸断脚骨以让骨髓入汤，让水没过食材高出一寸，拍松一块姜和橘皮一起放入。鲜橘皮是有讲究的，沙柑橘最佳，因为要借它鲜爽的清香，很多橘皮带苦涩味，影响口感。再放一点醋，利用酸性取钙，更有营养，汤汁也因此更醇厚。时间有限，这次就没有用砂锅顶罐慢火炖了，直接上高压锅。高压锅也有砂锅不具备的好处，最后排气发出“去去去”声音之时最为重要，这意味着蒸气正在回收到肉汤里。时间的设定上，如果食材是老牛，1 个小时多一点，牛小一些，40 多分钟也差不多，判断炖多长时间全凭经验。

清炖一整只成本昂贵的牛蹄子足以说明诚意，我们只有三个人，肯定吃不完。不像红烧牛蹄，第二天加点辣椒回锅，味道落差可以接受。清炖的，别说到第二天，隔上两三个小时热了吃，就会有天蓬元帅变猪八戒般的巨大反差，因为清炖的牛蹄一凉就腥了。

牛蹄子焯水的工夫，张建强也同时在操作自创口味的红烧肉，这是他 21 岁的儿子最喜欢吃的菜。红烧肉有入口即化和略有嚼头两种口感，他自创的属于后者。在贵州坨坨肉的烧制方式上，他去掉了

砂锅

辣，吸收了苏式的甜。除了选料上要用三线肉，主要的区别在于，张建强会先将白砂糖炒焦，取焦香味，与切块的猪肉下锅焖出油的时候，倒入酱味重的酱油，让焦香、猪油香与酱香融为一体，加水以小火慢炖。

苔尖的吃法比较简单，焯水之后用野葱打点蘸碟吃。两大肉菜临出锅前 5 分钟，张建强快炒了一道野葱炒肉末，这是遵义家庭常见的炒菜，在本省的地位相当于湖南的小炒肉。这道菜操作简单易学：中火，油温六成热时炒肉末才会很散，之后加蒜一起炒香，炒熟后放糟辣椒时用大火，跟着放盐、下野葱，关火，用余温翻炒几下起锅，所谓的生葱熟蒜。

激动人心的时刻来了，菜已在桌上，红烧肉、汤菜、小炒加一个蔬菜，几乎是中国小家庭用餐丰盛的标配。张建强站在桌前，一声令下："吃！"我们齐齐下箸，喝一口浓汤，吃一口牛蹄，梦幻般地周而复始，吃着以他的标准来看"还将就"，但对我们来说已是无上美味的牛蹄子。初来乍到的外乡人如我，从未吃过牛蹄，几个小时前也想象过味道几何，但仍在牛蹄入口后的一刹那被震住。那口胶质是此前从未吃到过的软糯弹三位一体的口感，汤汁浓稠，用小碗喝的时候有种汤汁挂在碗上的感觉，整体的味道清香醇厚。

这就是广东人到了贵州吃得了贵州菜的原因，除了举国对贵州菜辣的印象，贵州很多清炖的菜肴，吃里头的内容时，蘸水是必备的，但没人逼你吃。牛蹄子就着蘸水，又"转型"成了另一种口味，让人极容易产生来一碗米饭的冲动。

吃到野葱炒肉末时，我更加坚定了来一碗米饭的冲动。加一勺子糟辣椒一起炒真是点睛之笔，糟辣椒把野葱略微刺鼻的辛香给摁了下去，野葱炒肉成了一道可口的下饭菜；红烧肉微甜，是紧跟着的口味上的“结构性调整”，收了汁的肉块，闪闪发亮，表皮有焦糖的香味，也入到了肉质中。遵义的土猪肉有小时候记忆的肉香，嚼的时候，焦香在嘴巴里绽放开来，幸福感便溢了出来。

每道菜的滋味我都记忆深刻，以至于我开始写这些文字的时候忍不住热津满喉，甚至为第一次吃牛蹄子的起点太高而有些惆怅，虽然我已暗下决心定要学会此道菜，但中间要经历多少次嫌恶自己做的牛蹄子啊。人生大抵也和炖牛蹄一般，需要时间，没有谁能一蹴而就，都得经过一段时间在高压锅里焖炖，在百般寂寥中慢慢变化，从没有滋味到多滋多味。

吴茂钊：干锅火锅的切换之道

吴茂钊是古德明老爷子的关门弟子，刚 40 岁出头，视野早已在整个黔菜。他和前贵州省委书记王朝文算是忘年交，两人有个共同的目标，就是希望黔菜能走向全国。

吴茂钊是“学院派”，大学学的中文，研究生学的食品加工，他自己是厨师出身，12 岁就能独立操作 10 桌宴席。现在从事厨技教育，同时专注于黔地美食和民俗文化的研究，他的几本关于黔菜的书籍，已成为美食爱好者手中的“圣经”，读后能对黔菜文化有系统而正确的认知，如按图索骥，可尽享黔地美食。省级项目《中国黔菜大典》，目前由他来主持编撰。

问起什么是他味蕾上最深的记忆，他首推典型的黔北菜：坨坨肉。前段时间，他和一位20多年未见的高中同学见面，二人见面后说的第一句话居然都是“想念那一碗坨坨肉啊”。这其实是一碗加了大量以辣椒面为主的各种佐料的红烧肉，所用食材是本地辣椒和足岁黑猪，肉块更大，是坨坨肉与外省红烧肉的区别。

端上桌，香葱花下面露出一坨一坨连皮、带肥、加瘦的三色肉坨坨，肉香迎面扑来。拈上一坨，放进嘴里，油而不腻、松软香嫩但又辣喉的霸道劲，让人为之震撼。一股十足的肉香和辣味飞快地从鼻孔和口腔往上窜，好像直接冲进了脑浆一样回荡在脑袋里。对于嗜肉怕辣之人，这应是一道能让其体验到大喜大悲的菜。

虽然吴茂钊怀念家乡传统的味道，但他更愿意看到有创造力的黔菜。在贵阳都司路的红鼻子新黔菜，餐厅老板王应忠就坨坨肉应该用什么材料回甘，和吴茂钊讨论了许久。这是一家以黔菜风味为基底的新式黔菜餐厅，吴茂钊说，从他们的菜式中，可以梳理出黔菜的基本脉络。

王应忠的思路是，用地道的贵州食材和更容易被广泛接受的口味去创新菜品，同时追求摆盘的美感，比如一道玫瑰排骨，整得是活色生香：自制的玫瑰酱鲜艳欲滴，让乡土气的黑猪披上了风花雪月，但也颇有“籍贯”不明的感觉。在这一点上，他承认确实有在学习北京大董的“意境菜”。

道菜蒸鲈鱼，是典型的当地菜，这种搭配和江浙地区用霉干菜蒸鱼的思路大体一致。道菜即盐菜，腌制的蔬菜，北方很多地方叫腌菜，这本也是中国过去很多家庭的传统：把便宜新鲜的雪里蕻或其他蔬菜腌制为盐菜，用来佐餐下饭，也方便烹制其他口味菜式时用来调味。

镇远道菜，是贵州公认的上好盐菜的产地，选用新鲜蔬菜粗壮鲜嫩的菜薹和嫩叶，经日晒清洗后用盐揉搓，排除部分水分，再入池盐渍。把盐渍好的青菜削去老叶、粗皮，用甜酒、糖拌匀，再按比例加入蒜苗、蒜头、辣椒粉、冰糖、食盐和白酒，调好装坛密封贮存，约两个月后方可食用。用盐菜蒸鲈鱼，吴茂钊认为是绝配。盐菜的酸味、蒜和辣椒的辣味，一起入了鱼肉，把一条新鲜的鱼变成了一道下饭的菜。

盐菜算是贵州人嗜酸的代表，酸是贵州少数民族口味旗帜鲜明的代表。苗族酸汤鱼恐怕是如今最被天南海北所熟知的贵州菜，酸汤鱼不仅苗家有，侗家、水家也有，且风格不同，风味各异。“最正宗的，还得去凯里、都匀的农家。”贵州对酸的运用可谓神出鬼没。作为传统节日食品的汤圆，在贵州乡下，有的家庭会加入干辣椒节和苗家酸菜炒食，他们甚至还会用米汤煮酸菜吃，看起来比较奇葩的搭配，却也有着奇妙的口感。

番茄鸡是红鼻子的招牌菜，它借番茄的酸，与红辣椒一起，构成酸辣口感。以干锅的形式，持续加热，越炖越香，锅里红白相间噼里啪啦地响，很能激发人的食欲，吃起来也极为爽口。

辣是贵州菜的灵魂，仅用辣椒制作的调味至少有几十种。把多种辣椒炒一锅，取名辣椒炒辣椒，在贵州很多食肆都有，有的地方菜牌上不一定有，但只要你点，就一定能做。贵州人爱吃鸡，尤喜辣子鸡。贵阳每个菜市场，都有几家炒辣子鸡的摊位，供人买回家直接吃。

因为有蘸水的存在，清淡口感的吃食，同样也流行过，比如花溪的清汤鹅，这是一道充满了欺骗性的菜品，民间有句谚语："鹅汤不冒气，烫死傻女婿。"花溪清汤鹅火锅由于油厚性凉，不见冒气，端上就喝，入口烫嘴烫心，让人忍不住地喷口湿襟，闹成笑话。2001年开始，竹荪鹅在北京流行多年，最后折戟于禽流感，和清汤鹅一样。但辣子鸡没有，因其辣味重，又经过高温处理，这是禽流感期间，爱吃鸡的贵州人唯一敢吃的禽类了。

贵州重辣的口感，已经开始有了些许变化。在王应忠看来，番茄鸡这道菜之所以在贵州年轻人中广受欢迎，主要还是因为以前辣得人嗓子冒烟的刺激感，现在年轻人已普遍接受不了。"这可能和90后的孩子从小吃薯条蘸番茄酱有关。"吴茂钊笑着说，"小时候味蕾上有这个记忆，大了以后，番茄鸡令人亲切，这也许就是这个菜火起来的原因吧。”

番茄鸡其实是贵州非常典型的菜式类型，即一锅香，追求的依然是辣椒的融会贯通，求的是辣得地道，酸得舒服。在贵州的边远山区，还保存有原始的贵州一锅香，即将各种蒸、炒、烧、炖、煮菜加工好后，依序全部倒在一个铁锅内，一根铁丝从房顶往下吊着这口锅，下面的火盆烧着树根继续烹煮，人们围炉而坐，将蘸水碗置于锅中间或锅边蘸食。因为有蘸水，更早的时候用白水把肉和蔬菜煮熟了就着蘸水吃，也是贵州常见的习俗。

水煮干了，就变成了干锅，而很多干锅类的菜，又能直接变成火锅。王应忠 1993 年就开始在贵阳事厨，擅长做青椒童子鸡。这道菜在贵州风行了 15 年，番茄鸡是在这个菜的基础上改造而成，主料吃完，可加水涮菜，非常方便，现在已然取代了青椒童子鸡而风靡贵阳。

干锅演变的很多火锅属于现制现吃，也可以事先准备一些基础底味料，炒制过程中添加进去。但大多是加少许汤烧干后装锅上桌，主料食用完毕后，注入鲜汤，烫煮各类配菜食用。麻辣火锅及冷锅、香辣蟹、串串香等均需要事先制作底料，在食用前与熬制的老汤配搭，上桌食客自行烫煮食用。家常的酸萝卜老鸭汤、酸萝卜泥鳅和正在流行开来的汽锅、盗汗锅、火锅类是将原料在锅中煨炖后，连锅一道上桌，享用完主料后继续烫煮配菜，具有原汁原味的特点。所以贵州的干锅、火锅，往往就在一念之间，可随心切换。

根据吴茂钊的观察，“贵州火锅至少占了中国火锅种类的70%”。这从贵阳遍地是火锅的情况可见一斑：省府路石板街酸汤鱼火锅一条街，青云路的烤鱼火锅、卤猪脚火锅一条街，省公安厅的老猪脚、鱿鱼炖土鸡火锅一条街，机场路民间杂类火锅一条街，还有兴关路的小河鸡丝豆花火锅，以及各种省内其他各地进驻贵阳的火锅，如遵义鸭溪的豆豉毛肚火锅、惠水马肉火锅、三都火烧皮火锅、习水豆腐皮火锅、黔西豆豉粑火锅、毕节油渣火锅、赤水腊猪脚火锅。

和吴茂钊聊得多了，会越来越觉得他谙熟黔地每一种食材、掌故、民俗和意味，擅长捕捉细碎鲜活的市井日子里那些活色生香的生活方式。贵州干锅变火锅，火锅变干锅，这个有点变戏法感觉的玩法，在他看来，说不定能建立外省对黔菜的新印象。

吃鸡

我对上海的触觉竟然是从吃一只鸡开始的。

1999年，我作为一名穷学生来到这个繁华的大都市，在上海的第一顿饭，希望吃点好的，吃点不一样的。那是胶州路上一个装修较为陈旧的本帮菜馆子，菜单第一页“贵妃醉鸡”四个大字映入眼帘。一个令人好奇又有画面感的菜名，仿佛白白胖胖的嫩鸡正卧于酒香之中，让人垂涎。

“醉鸡”闻起来酒香扑鼻，吃起来则鲜嫩多汁。那时正值暑假，在闷热的夏天，吃到这冰凉透心的醉鸡，令人感到舒爽不已。我第一次察觉到，原来食物是有分寒暑的，什么时节吃什么，感受大不相同。

穷学生独自下馆子，还是在上海，好似完成了对这个城市的第一次触摸。按张爱玲的说法，我摸到了一袭华美大衣外层的绒毛，温暖而蛊惑。这可能是我至今仍为没能在上海工作而心有戚戚焉的源头。现在我居住在北京，有时出差去上海，总会想起那只“凉爽”的

“醉鸡”。

我对一个陌生城市的认知，往往来自它的餐厅和吃食。吃大盘鸡的时候并没有去过新疆，却感觉已经与新疆相识。这道菜里仿佛隐含着我欣赏的性格：真实诚啊，几乎像脸盆一样大的一盘子。后来去乌鲁木齐，去了克拉玛依、阿克苏，我才知道，原来大盘鸡在新疆的地位，如同火锅在重庆，泡菜在韩国，几乎所有饭店都卖大盘鸡，而且都是脸盆一般大的盘子。

刚在北京工作时，与我合租的满哥来自新疆塔城，大盘鸡的故乡。满哥从中央民族大学毕业后在秦皇岛的一家证券公司工作，他说起秦皇岛新疆餐厅的匮乏，说一年半没回家，来北京面试的那个傍晚，饥肠辘辘，面对一盆热腾腾的大盘鸡时，真是不知道该先流口水还是先流泪水。

大盘鸡历史并不算悠久，是国内公路文化的物产，能够在新疆迅速地发展成为与牛羊肉并驾齐驱的单品，自有其规律。20 世纪 90 年代初，新疆边境贸易蓬勃发展，作为北疆要冲的沙湾，临近 312 国道，是贸易往来的重要驿站。吃客与餐厅都对羊肉的新鲜程度要求苛刻，国道上一堵车，几百个司机什么时候到沙湾打尖就没谱了，什么时候宰羊，显然没有鸡好控制。将满地跑的鸡抓住、宰杀、去毛、烹制，到端上桌，一个小时就够了。

鸡块、土豆、青椒、辣皮子，加上各种香料和豆瓣酱调味，再配上皮带面，蘸着汤吃，主食、荤素一锅全解决，多重体验。这一明

盘 子

显融合了多省口味的菜品，迎合了来自五湖四海的司机的胃，出品快、适口广、分量足、客单价低、不压货、周转快，于是国道沿线各路驿站都转做大盘鸡，北疆先全面开花，南疆随后跟上。大盘鸡是随着日新月异的家乡成长出来的菜品，也许满哥对它的眷恋，不仅仅是乡愁。

中国人爱吃鸡，有不吃猪肉不吃羊肉的，很少有听说不吃鸡肉的。小时候看小人书，《三毛流浪记》里整只烧鸡的配图，恐怕是我这一代人对吃鸡这件事情最深的怨念。电视剧里，鲁智深、张飞等人从油光发亮的整鸡身上扯下一只鸡腿，更是我们梦寐以求的动作。不怕被人笑话，大学毕业之前，我是没有见过烧鸡的，整只的做熟的鸡也没见过。

早年鸡的饲养没有工业化，春天的鸡仔，要养到差不多 20 个月后的过年才会杀来吃。平时想吃不一定吃得到，总量不多啊。这种高档又稀缺的食材，是要做两吃的，鸡翅、大腿、脖子这些劲道的肉红烧着吃，口感柴的胸脯肉和骨架，炖一锅汤，所以我见到的总是被大卸八块的鸡。

最接近吃一只整鸡的时刻发生在大二那年中秋节。晚上宿舍里看 1983 年版《射雕英雄传》，洪七公拿着只烧鸡啃，一屋子精壮小伙馋坏了。城乡接合部在这个时候发挥出了地理优势，我们学校翻过院墙就是村子，村里有鸡我们是知道的。6 个人合力，擒（偷）了只鸡回来，可问题来了，谁也没杀过鸡。最后的解决方案是，先拔毛，再淹死，派两人去学校池塘摘荷叶、挖泥巴，我们准备做叫花鸡。

按照约定的步骤，我们七手八脚地把惊叫不止的鸡整了个光溜溜，再扔进水桶，然后剧情急转直下，鸡跑了。我们赶紧追，最后终究没能抓住那只在皎洁的中秋月下裸奔的鸡。童年看到的整只烧鸡，成了学生时代一个没有实现的梦想。

上海到西安的绿皮火车，是值得纪念的，有次出差，车次我不记得了。我特别怀念那个时代，慢慢悠悠、缓慢推进的剧情仿佛都是在为接下来的时刻铺垫：当经过一个叫符离的地方时，窗户下，车厢过道中，挎着篮子的大嫂大姐、小妹小弟包围过来，篮子里装着烧鸡。我被大姐们安利了知识点：符离集的烧鸡天下第一，德州扒鸡、道口烧鸡都要屈居榜眼和探花。我两眼放光，掀开篮子上的布盖，整只的烧鸡们都没穿衣服，光着屁股，互相挤在一起……

人生第一次吃到这只整鸡，和想象中的不一样。我像是扭送犯罪分子去派出所般伸手去拧一只鸡腿，脑子里充斥着洪七公的那一撕一转的画面，哪知鸡骨一触即脱，我用力过猛，把鸡腿骨给抽了出来，肉依旧连在鸡身上。失望，沮丧，这不是我想要的那种烧鸡。虽然我全给吃了，而且还觉得很好吃，但一个悠长的梦，碎了。

这有点像麦兜，他想象着关于火鸡的一切，但一直没吃过火鸡，“连它的气味也没闻过”，又一年圣诞节，妈妈买了半只烤鸭庆祝……

符合想象的体验，在吃道口烧鸡时得以满足。北京北三环北太平庄有家河南菜，道口烧鸡是招牌菜，还有一套给宾客们介绍如何吃的

千里吃鸡

仪式。它需要小火煮上四个多钟头，还要在冰卤里待上一个钟头，这是一只烧鸡必须经历的漫长时光，倘若没有时间磨砺，一只烧鸡就不配是一只烧鸡。

它没有鸡骨一触即脱，有让人满足的撕扯感。这可能也和鸡有关，土鸡吃的主要是谷物，正常喂养，肌肉方可得到充分生长和发育，肌间脂肪丰富，加上经常走动，长成了厚实而又健硕的双腿，肉便有了纤维感，要通过慢煮方可将软组织化开。所以，长时间折腾，仍然能有撕扯感。

我对肉鸡是深恶痛绝的。21 世纪之初，我住在魏公村总政干休所大院内，一个老小区，有食堂，3.5 元的土豆烧鸡，是最便宜的荤菜，量大，足足两勺子。每次打饭，鸡肉必定比土豆多，但肉质松垮垮的，索然无味。

动物是先长肉再长脂肪，肉的味道是溶在脂肪里的。几十天长大的肉鸡，饲料单一，光长肉，没有脂肪，自然无味。而且即便有脂肪，也只是在皮下，不在肉里。这种鸡，虚胖，身体里都是水分，所以无论做汤还是炖，鸡肉都容易散。

西安的葫芦鸡，能将这松垮垮的鸡化腐朽为神奇。小说《白鹿原》里，鹿子霖的老太爷就是靠卖葫芦鸡名扬关中，并拥有了整个白鹿原最漂亮的四合院。现在，西安城南三爻村饲养一年的倭倭鸡是别想了，广泛应用的估计都是笼养的三黄鸡，先用细麻绳将鸡捆好以保持鸡的整形，煮半小时后捞出，加入十多种中药材复蒸，最后再炸至金黄，也能撕扯着蘸着椒盐食之。

整鸡对我的蛊惑，好比远方对少年的召唤。你可以假装自己属于远方，但身体永远记得家乡，顽固地主宰着我记忆的，还是板栗烧鸡。也许混合着记忆的味道更隽永，板栗烧鸡弥漫着一股熟悉的味道，每次吃到，好像我只是出去打了瓶酱油，回来时仍旧年少。

过早与消夜：武汉美食地图

每个吃货心中都藏着一幅饮馔江山图，到了什么地方要吃什么，什么季节吃什么。我的套路实用一些，到了一地，找到本地资深带路党足矣。

胡婧是其中的佼佼者，这个神似汤唯的姑娘，虽是律师，却是朋友眼中的“自带导航系统的美食活地图”。穿梭于武汉三镇巨大的尺度和半径，以及现在“半个城都在挖”带来的糟糕的交通，从来都阻挡不了胡婧寻找美好吃食。怎么吃也吃不胖是她比其他“佼佼者”更加肆意涉猎美食的优势。

在武汉遍地的吃货中，我更信任30岁以上，性格相对成熟不偏执，有能力遍尝天下美食构建成熟完善的饮食审美；有一定的文化修养和历史视角，可以从当地的地理与历史中找出口味形成的线索；此外，性格上不抱残守缺，没有地域歧视的吃货。符合这些条件者，绝不是简单的吃货，而是成熟的高级食客，胡婧就是其中之一。从过早到消夜，从小吃到正餐，她信手拈来，往往令人惊艳。

武汉把吃早点叫作“过早”，一顿早餐的好坏被武汉人推到了过年般的高度，所以过早的重要性完全可以与正餐分庭抗礼，其种类之丰富亦是全球罕见。武汉的早点都有它的名店与源流，蔡林记的热干面、老通城的豆皮、四季美的汤包、顺香居的烧梅，它们是武汉人的口上丰碑。总结起来是麦、稻两大类，每一种饱腹之物，几乎都有对应的“饮料”，如吃面窝喝豆腐脑，吃热干面喝蛋酒，吃豆皮喝糊汤米酒。武汉人认为，他们在过早的时候，上海人一律在家吃泡饭。故蔡澜亦感慨，武汉是早餐之都。

武汉也是消夜之城，只不过在夜宵这个领域，与武汉一样排在第一梯队的城市很多，所以它不显独特。但就早点而言，能与武汉比肩的，广州勉强算一个。对于此论，很多人会不以为然。最质朴、最本味的当地口味，根植于街巷小门店、“苍蝇”小馆子，它们是一股不能忽视的力量，在武汉，它们构成了早餐与消夜的主力。下面这张武汉过早与消夜精选地图，也许是改变“不以为然”的起点。

王师傅豆皮

汉口高雄路最南端有家豆皮店，这家店是豆皮界当前声名最为显赫的一家，没有之一。胡婧推荐给我时，她并不知道鄂菜大师卢永良也知其盛名，纪录片《舌尖上的中国》的总导演陈晓卿吃完之后还通过一条微博表示在这里吃撑了。

早晨不到 8 点，王师傅豆皮馆便排起了队，当天凑巧遇到武汉电视台的《舌尖上的武汉》摄制组在拍摄，据说他们 6 点刚过便已开拍。排队时，我前面的顾客几乎要的都是牛肉豆皮，我也照着来了一份。不等走到座位上，我就往嘴里塞了一块，比记忆中的美味，也没有记忆中三鲜豆皮的腻人，我想可能是因为老板用卤汁化解了豆皮特有的重油。12 元一份，分量很足，吃完，我还有再来一份的欲望。

王师傅豆皮馆，由现在的老板张师傅的母亲老王师傅一手创办。20 世纪 50 年代，王师傅就在老通城工作，是做豆皮的一把好手。1999 年，也在老通城工作的张师傅下岗，已经退休的王师傅就带着女儿开了这家豆皮馆，也吸纳了同期下岗的不少老通城的师傅。

制作豆皮不复杂，但准备起来极为耗时。绿豆和大米要分开浸泡 8 小时，后将去皮的绿豆和大米混合后磨成浆，以前是用磨得锃亮的蚌壳来摊皮子，现在用特制锅铲。糯米泡十几个小时后再蒸，切成丁的瘦肉、香菇、笋子、豆干、榨菜炒好，和糯米一起做成馅。

馅均匀码在皮子中间，四周留有余地，刚好能将馅和里面，翻面煎至金黄，切小块，豆皮就做好了。豆皮是水稻文化的产物，口感是皮脆馅绵，有张力，感觉像配料丰富的炒饭外面包了一层焦脆的面皮，有了一层形式主义的包装，豆皮就将一客炒饭提升为美轮美奂的小吃。

到了王师傅手里，豆皮的创新在于放了卤汁。牛肉、猪肉先以武汉特有的酱卤方式卤好，切成丁，与香菇、笋丁等其他配料烧制成臊子，泡在酱汁中。制作的时候，码好糯米，浇上带汁的臊子，合上皮子，起锅前再浇一次臊子，这是王师傅豆皮的核心。

天天热干面和大胡子热干面

武汉人永吃不厌的是一碗热干面，其程度远已超越了过早本身。热干面之于武汉人，不是粮食，是故乡味觉的精神寄托，也是当地人做小本生意普遍意义上的第一选项。清晨，大人和小孩们端着一碗热干面，穿行于大街小巷、地铁公交，边走边吃，不溅出、不沾衣，这个画面，亦是武汉名片。

天天和大胡子，分别是汉口和武昌地道热干面的杰出代表，与它们做邻居对同行来说是一幕残忍的电影画面。按照胡婧的指引，吃完王师傅豆皮，步行不到20分钟便可以到达位于云林街的天天热干面，这段路程正好用来消化豆皮，给热干面挤出空间。

在我和摄影记者寻找天天热干面未果时，正在处理一项经济非诉业务的她，果断动用微信的“位置共享”来指引我们找到了目的地，“灵醒”得很。

天天热干面没有招牌，从排队的长度可以看出目的地到了，过早的人手里端着的盛着热干面的方便纸碗上，写着天天热干面。我们抵达时，约有 20 多人在排队。因为靠近建设大道，附近写字楼云集，看装扮，八成是附近工作的白领，刚去公司打完卡，抽空下楼从容地吃一碗热干面。

一男一女两位旧相识在此偶遇，聊了起来。女的连连发问加感慨："你现在在哪里上班？""你合我（武汉话被吓到的意思），不上班还这勤快来骑面？（骑，同武汉话中的吃）""这里的面蛮好骑撒？""从青山跑过来骑也值。"一次偶然的相逢，一场标准武汉饮食男女的对话，必然会从吃食拉到家长里短上来，二人果然从热干面聊到了元旦那次愉快的聚会，聊到了新车刚跑了 1000 公里正在考虑要不要去高速拉一拉，聊到了给狗子打针花了 3000 多元的心疼。聊天的间隙，女生还冲着排队的男性友人大喊了句："不要葱喂。"

热干面的外表是粗放的，似乎人人都可以做，但内核却是精致的。精致就体现在做面的师傅对佐料的地道选材，以及做工的讲究。如果把热干面的工序进行解析，可以分为压面、掸面、烫面和加佐料四个环节，一碗色香味诱人的被武汉人认可的热干面，每个环节都值得细细研究、反复琢磨。

有热干面的地方，不管是本店兼营还是他店特色，三米之内必有炸面窝、伏汁酒。天天如此，大胡子也不例外。大胡子是胡婧的最爱，在中北路世纪彩城正对面，立交桥下就是。在胡婧的认知里，大胡子热干面和紧邻的一家粉馆是武昌名店。对于那家米粉店，她记不得名字，"你莫管名字，去了你就知道了"。

胡婧说，大胡子的热干面，可能比起天天来，味道要稍微差点意思，但她就是喜欢大胡子。“这不仅仅是味道的问题。”大胡子所在的区域是武汉重型机床厂的地界，20 世纪 90 年代末，大胡子的老板从机床厂下岗，开了这家面馆。从开业就一直火到现在，天气不冷的时候，排队场面壮观得很。早先大胡子是从早上 5 点营业到晚上 8 点，在这个时间段，隔壁的门脸，无论卖什么都卖不动。后来考虑到大家都是街坊邻居，也都是机床厂的下岗职工，大胡子每天只卖到上午 10 点就关店。

武汉人对这类“讲胃口”之人总会表现出极大的尊敬，胡婧也是如此。在她看来，热干面吃的不仅仅是地道的老味道，也要吃出一口老武汉的情怀。

赵师傅烧梅和混搭的流行

武昌粮道街，是一条与户部巷齐名的过早一条街。户部巷逐渐成为旅游景点，吃食虽多，但在胡婧这样的本地人眼中，虽有个别值得玩味的小店，但整体味道的平均水平只是刚刚及格而已。粮道街则不然，光临此处的，基本是本地食客，从汉口远道而来的亦有之。

每天清晨，在这里做了十几年热干面的赵师傅拉开店门，光顾的客人几乎就没有间断过。他做热干面起家，因为面条筋道、红润鲜辣的红油热干面而享誉三镇，故将小店起名为“赵师傅热干面馆”。这几年来，排队的食客关注最多的，却是他家的混搭新板眼：油饼包烧梅。

全中国只有湖北把烧卖叫烧梅，虽名称、意思一样，做法也相近，但武汉烧梅，特征很明显。粤广地区的烧卖是蛋皮肉馅，里面镶着虾仁；北京的烧卖是面皮糯米馅，里面也会有香菇或者猪肉，和武汉烧梅更为接近，但北京烧卖更清淡，皮很厚，且个头大一倍多。

烧梅因为皮是用走槌擀出梅花边，蒸出来如同一朵朵绽放的梅花而得名。烧梅要如擀饺子皮一般擀成周圆较薄，中间稍厚，总体要薄，这样蒸出来的烧梅才有晶莹透亮的感觉。将蒸好的糯米饭和慢火炖好的香菇、肉搅拌均匀，加很多白胡椒构成馅，油很重，用松针打底以竹制蒸笼蒸制而成。

全国混搭的小吃很多，西北的肉夹馍、沪上的糯米包油条、成都的牛肉锅盔等，多是有油的肉和无油的面组合。油饼包烧梅则是将两种重油的食物组合在一起，油性大，扛饿，油饼的薄脆与烧梅的软糯有机结合在一起，一口能体验两种截然不同的口感。

油饼是用老面发成的，口感厚实，现炸的油饼，焦香酥脆，个个都是中部崛起的鼓肚子，中空的，圆滚滚，肥嘟嘟，一个油饼通常夹四个烧梅，绝对管饱。赵师傅的烧梅不是重油的那种，馅里加入了高汤，糯香入味，大粒的猪肉和香菇清晰可见，皮薄而软嫩。配上一碗清爽的蛋酒，是当前武汉过早流行的标配。

早点混搭的制作，最近在年轻人中流行起来，比如热干面已经创

擀面杖

新出了牛肉、蟹脚等多种口味和吃法。胡婧的经验是：汉口雪松路的沈记烧烤是最早推出蟹脚热干面的，但要说味道，同一条街上的夏氏砂锅的蟹脚热干面味道更佳。

虾子的榜单

武汉把小龙虾简称为“虾子”，有关消夜的邀约，“骑虾子”在合适的季节甚至要超过“骑烧烤”。胡婧内心虾子榜的冠军并不在武汉，而在距离 150 公里之外的潜江。如果要说到榜单上的榜眼和探花，并列的不少，都在武汉。

武汉人爱消夜，每每到了晚上，居住在这座火炉城市的人们常常结伴而聚，在街头找个清凉通风地纳凉，名曰“透气”，谈天说地，肚子谈饿了就想吃点什么，“消夜”的习俗慢慢形成。烤串烤鱼烤鸡爪、蒸虾卤虾油焖虾是时下最热门的品种；煎包煎饺绿豆汤、炒粉炒面瓦罐汤，是辅助，也经久不衰。表现形式上，消夜原来多为露天大排档，现在基本是店面，但在夏天，光着膀子坐在户外，边吃边喝挥汗如雨的场面，仍不鲜见。

唯独虾子，是消夜领域最近 10 多年来的新晋吃食，且具有统治力。在我国高速城市化之前，小龙虾捕获容易，也是童趣，即便是菜场售卖也极为便宜。在 20 多年前的家庭餐桌上，虾子是“打牙祭”之物，江西以蒸为主，湖南、湖北以虾球为主，前者擅香辣，后者习惯糖醋，偶有麻辣，地域特征明显。后来在武汉餐厅的餐桌上，也偶有表现，但未成流行。

约莫在 15 年前，油焖大虾，原料也是小龙虾，由潜江传到武汉，武汉也由此拉开了大规模吃虾子的序幕，蒸虾、卤虾也随着一并蔚然成风。每年劳动节到国庆节，便是武汉这座城市的虾子季。

就武汉来说，胡婧首推靓靓蒸虾。秦园路上的肥仔虾庄也做蒸虾，但胡婧更喜欢肥仔的油焖大虾。她更偏爱原味的鲜美，能用来蒸的虾子必须是活的。武汉人嘴巴刁，刚死 1 分钟的虾都能吃得出来。在武汉，店越大的越不敢欺客，落下坏口碑，品牌轰然坍塌不是没有可能。所以，蒸虾的食材通常会更新鲜，活虾是鲜美本味的基础。此外，蘸料的不同，蒸虾的口味也好调配。在虾子季的后半段，虾尾肥美不说，母虾的虾籽成了规模，蒸着吃更为鲜美。

胡婧会反复告诫我："不要嫌弃热门。"这两家都属于在虾子季一天能卖出三四吨虾的热门店。"虾子不同于别的食材，要保证其新鲜和品质，热门的店一方面采购量大，大小规格的标准已经建立，更有专门的人来伺候这些虾子来保证它们的存活，所以品质比小店更容易得到保证。"

最让胡婧念念不忘的，仍旧是潜江的油焖大虾，除了常规的配料，潜江的油焖大虾还会增加一些特殊的香料，吃起来非常香，她把这里称为"油焖大虾平均下限最高"的地区。虽然烹饪小龙虾的方法之多，潜江不及武汉，但每到虾子季，四面八方的食客，仍不惜劳师远征，到潜江的虾街凑热闹。

潜江虾子的吃法也非常豪迈，那种江湖气息让胡婧觉得是种特别的风情。虾按人头算，上来一人两个盆，和脸盆差不多，一盆虾放面前吃，一个空盆放旁边装虾壳，标配是黄酒。如果是一群人吃虾，每人两个盆，极为壮观。

烧烤名档："逃学满天下"

胡婧最喜欢的消夜是一家没有招牌、没有名称的烧烤排挡，和喜欢大胡子热干面的理由一样，除了味道，还有情怀。

这家露天排档位于武昌千家街，经营者是一对老夫妇，只在夏天的时候出摊，摊位就在华师一附中老校区的门楼，"桃李满天下"的那块牌坊下。胡婧第一次去的时候，吃得高兴，小酌了几杯，略微有些上头时，抬头一看牌楼，错看成了"逃学满天下"，想起往昔偶尔逃学的刺激，联想到华师一附中在侧，不禁莞尔。从此，"逃学满天下"成了胡婧和她的朋友圈专有的名称，特指这对老年夫妇的烧烤摊。

"逃学满天下"出摊只烤肉串、虾球、黄瓜、臭豆腐这四样，饮料只有啤酒。夫妇二人 50 多岁，做半年，休半年。他们夏天开始出摊，这忙碌的半年要瘦 20 多斤，进入冬天再养回来。出摊的这半年，生意好得出奇，材料干净新鲜、味道纯正，让其有口皆碑。既然生意这么好，为何冬春两季不做？胡婧很好奇，她问过夫妇二人，他们的回答是："生意不是生活，钱赚不完的，我们要健康，也要活出质量。"这让胡婧肃然起敬，故事讲完还得意地问我："有胃口吧？"

年长的武汉人说起烧烤，都是有画面感的。父亲带着儿子，坐在路边摊上，打着赤膊穿着短裤，为自己叫上 10 串微辣的肉串，为儿子叫上 3 串不辣的肉串，父亲喝啤酒，儿子喝武汉二厂的橘子汽水。这是很多武汉人关于烧烤的儿时记忆。

烧烤从什么时候起在武汉生根发芽已无从考证。撸串、喝啤酒所蕴含的快意人生，是举国之喜好。只是在武汉，它已经成了不分年龄、不分性别的生活习惯，烧烤店的数量在武汉仅次于卖热干面的。

最开始流行的烧烤是新疆肉串，3 毛钱一串，后来涨到 6 毛，再后来更多的武汉人来做烧烤，带筋的猪肉开始一统天下，并逐渐有了烤馒头、烤香菇。发展到现在，烤虾球、烤鳝鱼、烤牛肉、烤螃蟹、烤兔子、烤鲫鱼、烤鱼泡、烤脑花、烤饺子、烤韭菜、烤茄子……似乎武汉就没有不能用来烤的食材。

不同于南京、广东等其他地方蘸着烧烤酱来吃，武汉的烧烤传承了新疆烧烤的特色，加很多的孜然是其一大特色，但与新疆和北方烧烤所用的颗粒状孜然不同，武汉用的是孜然粉。各家用料都有秘诀，但基础基本逃不过辣椒面、孜然粉、盐和油这四大主料，有些烧烤店会通过添加其他香料秘制成独特调料，但孜然的味型依旧是根基。

"逃学满天下"的两夫妇，浸淫烤物 20 余载，深受食客喜爱，不是没有来由。烧烤师傅的功底在于火候的拿捏，通过刷在串串上的调料与油，受热混合后滴入木炭中，产生味道丰富的烟来再次给肉串上味，这是高手与普通选手的重要分野。

牛肉牛杂

餐饮江湖，从来不缺白手起家的励志故事，也少不了把自家餐食硬生生挤进一个竞争激烈的领域并脱颖而出的故事，肖记公安牛肉鱼杂馆的创办者肖述林便是如此。他在武汉的 8 家分号，几乎每个傍晚，都要排起长龙。

作为第一代的武汉移民，肖述林在武汉已生活了 40 多年。他的老家，是距离武汉 240 多公里的湖北省公安县，这个小县城枕江抱湖。公安人的过早要喝早酒，喝早酒虽是荆州风俗，但在公安最盛。公安的饮食口味在湖北范围内属于较重的，味蕾的刺激在早晨就要强烈火爆，酒是最好的媒介。对于公安人，早酒就像闹钟一样让你一个激灵醒来，开始新的一天。下酒的，除了各色码子的面条，还有牛肉煨锅子、鱼杂煨锅子。自牛肉煨锅子在公安诞生之日起，但凡供应这道菜的餐馆或摊点，从每天清晨喝早酒开始到晚上吃消夜打烊时止，牛肉煨锅子是每桌必点的招牌菜。

2002 年，肖述林把公安县这个延续了数十年的“地标性”吃食带到了武汉。湖北每个县市都有区别于武汉且只属于当地独有的吃食，公安县压轴的当数锅盔了。公安锅盔10年以前就已经成为武汉大街小巷的热门小吃，这在一定程度说明了公安吃食的普适性。现在，肖记公安牛肉，是这个位于长江中上游、有着上百万人口的农业县的名片。

我曾不止一次被当地的朋友拉着去公安县的大排档摊上吃牛肉煨锅子消夜，它的鲜、咸、酱、辣的重口味，给我留下了深刻的味觉记忆。地理上，隶属于湖北的公安县与湖南紧邻，同时受荆楚与湖湘文化的影响。公安当地的方言与湖南常德方言相近，公安人喜辣偏咸，与常德地区人们饭必有辣且怕不辣的饮食习惯非常接近。

公安牛肉几乎是原汁原味地被老肖带到了武汉，每隔一段时间，老肖都要亲自去武汉郊区的生牛交易市场监督采购，他只选身高体大不超过两岁的黄牛，宰杀过程全程自己监控，以保证牛肉食材的完好品质。老肖告诉我一个判断是否是注水牛肉的秘诀：没有注水的黄牛肉，切块煮出来，熟了以后的块头要比生肉的时候大。遗憾的是，寻常家庭购买的牛肉，老肖说的这种情况从未出现过。

黄牛肉、牛肚、牛板筋切小块，用一口火锅炖了，加辣椒、胡椒、盐、香叶等各种调料，最重要的是加味道醇厚的荆州特产——荆沙酱，按火锅的方式炒后细细煨成，煨时放整只的本地黄尖椒，吃时撒上一把拍碎的蒜子，汤色清亮，味极纯正。先吃肉，牛肉紧实但很柔嫩，味道醇厚。牛肚嫩爽且有嚼劲，牛板筋具有韧劲又有松软鲜脆的口感。整道菜微麻、微咸，经过咀嚼，有明显的回甜味道，这种虽不浓郁的甜味能把刺激人的辣劲完全中和。

肉吃得差不多了，可以把千张、豆腐、豆棍及各种蔬菜涮煮，最后搛上一盘热干面或米粉下进锅里，就着老盐菜、泡菜，喝汁吃面，酣畅淋漓。肖记招牌的炖鱼杂也是差不多的套路，据说湖北有很多喜欢鱼味却又不爱吃鱼的人，原因是怕刺，想必鱼杂可以解决这个问题，肖记的鱼杂里有鮰鱼肚这一味高档食材。老肖说："现代人一说吃内脏就认为不健康，吃不好难道还吃得坏？既然这样，那我就放富含丰富鱼肝油和胶原蛋白的鮰鱼肚。"

老肖一个劲地让我多吃牛肉，我倒是对其他的菜式同样兴致勃勃。别看这是个乡野风味浓郁的饭馆，竟然还能做得一手好吃的面点。肖记的炸春卷，出人意料的惊艳。春卷皮是老肖找老乡定制的，薄如纸片，炸好的春卷鼓鼓囊囊，外面的脆皮像是个小包装盒，里面一层像凉席里包着一小坨牛肉。春卷炸得好不好，主要看火候。老肖骄傲地说："我 15 岁就开始学炸油条、油饼、麻花，浸淫油炸界 40 余年。"油炸食品是由店里的传菜员来操作完成，他们的手艺都是老肖亲授，能不能炸好春卷，是肖记对传菜员能否胜任工作的KPI考核硬指标。问起诀窍，老肖伸手蘸了杯中的水，在桌上写了个 7："要 70 摄氏度的油温下锅。"

牛肉从来都是武汉人腹中餐食的主力，最近几年，因为肖记，开始有成为"主角"的意思。就竞争对手来说，这原本就是一条起步艰难的道路。汉阳的新农牛肉，20 世纪 90 年代开始，一纸家传的卤牛肉配方做出来的牛肉，就已经风靡武汉三镇。武汉的卤肉不同于湖南的药卤、广东的白卤、四川的红卤，它是特征明显的流传已久的酱卤。所以新农牛肉，于感情，于口味，都是武汉人的记忆。

2002年，即肖记牛肉开业的前两年，长江二桥旁边的堤角牛骨头火爆全城。这是一系列香辣口味卤牛肉小吃的总称，除了主打的牛骨头，还有各种部位：牛口条、牛心头、牛顺风、牛百叶、牛腱子、牛尾巴、牛筋、牛肚、牛蹄、牛肠等。和新农牛肉差不多，吃起来是不带汤的。

牛骨头能在堤角成片、成规模，最终成为武汉人非堤角不吃牛骨头的习惯，很大程度上是因为这里紧傍着武汉牛羊加工厂和从20世纪50年代起就是整个亚洲首屈一指的大型肉类加工企业武汉肉联食品有限公司。

牛骨头系列的味道其实还是以香辣为主，略带一点点的麻。说是吃牛骨头，其实是啃牛骨头上附着的牛肉和牛筋，贴着骨头部位的牛肉，肉质紧实，筋膜胶质丰富。牛骨头吃起来相当过瘾，吃时需要放开一切束缚，最好不要戴一次性手套，两手开攻，腮帮子彻底放松，像掌握汽车方向盘般找好角度，充分利用自己牙齿的形状啃。能用这样粗犷而富有市井气息的吃法大快朵颐的，如果是情侣，关系想必早已升华；如果是商务伙伴，必定私交不错。

肖记就是在这样的夹缝中崛起，从2008年开始遍地开花，其间也不乏其他同样红火的竞争对手出现。比如开了两家牛骨头火锅的老板黄浩，虽为重庆厨师，却结合了武汉当地人的饮食习惯，选用新西兰的牛，把武汉干吃的牛骨头做成了一道火锅。

前几日，黄浩邀请我和老肖一同品尝他的牛骨头火锅，名曰工作切磋。席间，黄浩没好意思问肖记的老板味道怎么样，老肖也始终摆出一副不动声色、岿然不动的样子，顶多寒暄几句：“不错不错。”出了店门，他扭头跟我说：“这个东西和肖记的口味很接近，但自己也有货，我要借鉴一下。”说完看了接班人儿子肖翔一眼，投出了“该你上场了”的深情一瞥。

和曾庆伟吃鱼

一群老文青聚会，大家起身给曾庆伟敬酒，祝贺他成了“齐白石”。这是谐音武汉话“吃白食”的意思，是玩笑，也是表示尊敬。

在品尝美食这个层面上，曾庆伟在武汉类似于香港的蔡澜，下馆子不用花钱还被争先恐后以请到为荣，对美食的评价、品尝，他浸淫数十年。曾庆伟的头衔很多，大多与饮食文化相关，类似于湖北省食文化研究会专家学者委员会副主任。他本身是个作家，是武汉作家协会的成员，著有多本与美食相关的书，最近的一本著作，是北京日报出版社出版的《味蕾上的乡情》。

我们约在新开发的极具武汉特征的地标性街区“汉口里”的楚鱼王。傍晚6点，曾庆伟准时来了，他穿着一件黑色外套，拎着一个鼓鼓囊囊的包，微笑的时候眼角露出和善的褶子，偏瘦，没有想象中“食神”的肥腻，却有一种户外探险者的不辞辛劳感。

这顿晚餐，除了曾庆伟，还有作为“地主”的楚鱼王的创办者汤正友、专蜀味道的老板黄浩，他们都是当地很红的餐厅的老板。这顿饭是要试一试最能代表湖北特色的全鱼宴，湖北乃至中国都享有盛名的鄂菜烹饪大师卢永良也向我推荐过这里。楚鱼王进门就像走进了水族馆，除去那七八种海里的鱼类，淡水鱼方面，我目测这里有20种以上，都是来自清江和梁子湖的精选食材。

按照曾庆伟的说法，武汉在全国最有影响的菜式，除了地标性产品洪山菜薹以外，主要是两鱼一汤，即清蒸武昌鱼、红烧鮰鱼和排骨藕煨汤。既然做鱼的馆子敢称王，楚鱼王自然少不了那两条鱼。

端上桌的琳琅满目：除了常见的胖头鱼鱼头、鱼丸两吃，和湖北家常的草鱼切块做成红烧鱼块外，有将小指头大小的野生小鳜鱼干煸，名为拖网野生小鳜鱼；有将恩施擂茶与财鱼相结合的菜式；有将草鱼鱼皮剔下来炸得嘎嘣脆的，取名为咔吱鱼皮；有将鮰鱼鱼肚和鱼泡用泡椒爆炒，名为鮰鱼双宝；还有用鮰鱼子炒饭，最后做成蜂窝煤形状装盘上桌，满满的喜感和怀旧。

湖北的大多数城市都是逐水而居，基本都沿着长江、汉江、清江，因此出产数量众多的河鲜水产，湖北人吃鱼，顺理成章。对于什么鱼该吃哪个部位武汉人了然于胸，还流传着这样的口诀：“鲤鱼吃须，武昌鱼吃边，鳜鱼吃花，胖头鱼的脑壳，开春的鲤鱼籽，草鱼的皮。”

粉蒸鮰鱼是楚鱼王的招牌菜，清江上游叫江团，清江下游才叫鮰鱼，我记得第一次见到鮰鱼时，高声惊叹一声，好一条大头泥鳅。鮰鱼肉肥而不腻，春秋两季最肥嫩。湖北厨师普遍善于烹制鮰鱼菜式，其中粉蒸和红烧是最著名的鮰鱼菜肴，经久不衰。这道粉蒸鮰鱼中唯一的鮰鱼肚被我给夹走了，吃起来如上等年糕般弹牙，鲜美无比。许多人嫌吃鮰鱼菜有些肥腻，而以米粉拌长江鮰鱼入蒸笼蒸制的方法，则较好地解决了鮰鱼有些油腻的问题。在蒸制鮰鱼的过程中，米粉吸收了水汽，也吸收了蒸制过程中鮰鱼溢出的油脂。

武昌鱼的吃法很多，清蒸武昌鱼是多数人的选择，符合大众想象。鲜武昌鱼一尾，去鳞、腮和肠肚，在满月般的宽体上遍抹油盐，腹内填姜葱，有的还填肉末，装盘置锅上清蒸即成。清蒸武昌鱼较能保持武昌鱼的鲜嫩度，是一种原味之吃法。

楚鱼王将武昌鱼腌制晒干来吃则是另外一个味道，那是将鲜美的水分蒸发，将丰收的时间风干，佐上辣椒、姜、葱蒸绵了吃，如饮碧螺春，尽管不是鲜叶，揉捻杀青后泡成绿茶，它仍是世界上最嫩的茶，这道风干武昌鱼味道也是如此。

鱼羊一锅鲜的做法最令人愉悦，花 8 小时用东山羊的羊骨熬的汤，羊汤端上桌，下面用酒精炉煮沸，放进新鲜备好的江鳝和东山羊，两种都是珍贵食材，江鳝是湖北典型的名贵鱼类，是传统的鲜汤首选。当羊骨浓汤遇上江鳝的鲜美，一口下去，若有若无的鱼鲜味缥缈在口腔之中。

当我正在品味时，曾庆伟咂吧了一口汤，严肃地说："汤总，你这个汤，当归要再少一点点，就完全不会盖住鲜味，反而还能提鲜，距我们记忆中的武汉味道就差一丁点了。"他又指着桌上一盘放在长方形木盒子里的藕圆子说："这个味道寡，要配料，给口味较重对原味无感的食客多一个选项。方形的装盘不如圆形的器皿合适，另外个头要小一些，寻求儿时记忆的认同。"

转头，曾庆伟又对黄浩说："你主打的牛骨头火锅，是从武汉堤角干吃的牛骨头演变而来，四川火锅主动向当地的特色融合，这个故事是食客们喜闻乐见的，但仍需要强化本地味道。"

这是曾庆伟的"主业"，他除了是《色香味商情》杂志的总编辑，还要用他的积淀和学识给餐厅提建议，帮助他们找准路子。这天在座的，几乎都是他的老友，所以"有一说一，有话直说，不是问题"。在曾庆伟看来，一个人在10岁以前就形成了味觉记忆，所以离开了故乡多年的人，他的乡愁总是与故乡饮食的味道联系在一起。如果想做武汉味道的吃食，就是要从味觉中找到能调动食客记忆的那个点。

按作家方方所说，历史上，武汉从未成为过中国政治文化的中心，自古便是商业都市，可又不像上海、广州这类商业城市一样，因临近海岸，受西方文化熏染深重。武汉地处内陆深处，洋风一路吹刮到此，已是强弩之末。

所以武汉的文化带有强烈的本乡本土的味道，而武汉饮食文化从来都是吸纳的多，吐出的少，被外来菜系影响的多，对外来菜系施加影响的少。武汉菜兼收与并蓄，但底子还是那口武汉味道，在这里开设食肆，他省的所谓正宗，立锥往往艰难。所以武汉的饮食一直能保持已然形成的"水产为本，鱼菜为主，口味咸鲜微辣，讲究原汁原味，鱼米之乡情韵浓郁”的特征。

去向饮食界人士普及武汉饮食文化与吃的讲究，是曾庆伟做得最多的工作。此外，他也要非常精准地摸到武汉当前吃食的大动脉。他会提醒人们，如果对于武汉的饮食审美，还停留在户部巷，你将错过很多。以前武汉的餐饮风向标历经民众乐园、同仁巷、六渡桥等多个区域的更迭，食客的记忆每隔五六年就会发生一次变化，最近一次的变化发生在武汉广场背后的滑坡路，因国际广场修建导致这条路已经消失，那里曾是武汉 80 后人的美食地标。

现在汉口万松园的雪松路，是当前武汉美食的风向标，不到一公里的街道有近 30 家食肆贴身肉搏于此：有一年销售数千万斤泥鳅的泥鳅庄，有一天卖 7 万元的金焱牛肉粉大王，有旺季时会出现数百桌排队状况的巴厘龙虾馆、小芳蒸虾、靓靓蒸虾。在这里，你还可以看到在 30 米范围内，四季美、今楚汤包、五彩汤包三家汤包店近身血战。这里就是武汉，能够成为当前食客口腹中的主角、主流、主力的，每个食肆都需要一番苦战。

菩提本无树，明镜亦非台，在曾庆伟这里，“吃”也亦非“吃”，酒肉穿肠过，情爱心中留。一面慈悲，一面风花雪月，一面指点江山，曾庆伟把葱碧豆绿的日常饮食，搞成了比永久还久的活计。

文斌的汉味

芬兰的罗瓦涅米，位于北极圈内，是圣诞老人的故乡，当地著名的中餐厅海龙楼，是世界最北的中餐厅。2003 年，文斌在此当厨师，虽然这个经历不到两年时间，但文斌目睹并参与了湖北菜是如何改变了这座只有 6 万人口的小城市的饮食习惯。

罗瓦涅米只有两家中餐厅，海龙楼、祥龙楼都是舅舅刘甫生的产业，文斌刚去的时候，宫保鸡丁、咕咾肉和糖醋里脊是本地人的最爱。舅舅之所以要文斌去，主要目的是希望将湖北菜的味道真正引进来。

“刚来的时候确实找不到优越感。”文斌说，直到鱼圆、粉蒸肉、热干面、欢喜坨的陆续推出，食客们口口相传，湖北菜才算正式开始北极圈之旅。北极圈的冬天寒冷，这里的人爱吃高热高脂的食物，奇怪的是，却很少吃辣。但吃辣少不意味着不爱吃，文斌推了几道辣味小炒，结果当地人喜欢上就一发不可收拾。

北欧的生活让习惯了汉口这个不夜城生活的文斌很是无聊，只得研究菜品以排遣寂寞。芬兰和湖北一样，湖多，淡水鱼多。芬兰人爱吃鱼，爱喝汤，三文鱼汤在当地的地位相当于武汉的排骨藕汤，文斌很容易就确定了开发方向，用湖北的烹饪方式，比着三文鱼汤做个半汤鱼菜。武汉擅长以鲫鱼、财鱼做汤，也有以名贵鱼种鳜鱼来做汤的家常菜式。芬兰有一种淡水鱼叫白斑狗鱼，和鳜鱼口感相似，非常鲜美。文斌便用这个食材，在鳜鱼汤的基础上，研发出一道以白斑狗鱼为食材的汤食。

最终成型的这款鱼汤是这样的：活鱼宰杀剔下鱼肉切片，鱼头和鱼骨加上自己熬制的菜籽油融合成为汤底，鱼片入汤煮熟，另起一口锅放入鲜花椒和杭椒，用菜籽油炒出香味后倒入鱼汤起锅。与三文鱼汤一样，这款白斑狗鱼汤有着浓稠的口感和颜色，微辣微麻，鱼香浓郁，一经推出，在罗瓦涅米一炮而红，按文斌的说法："老外吃得欢喜，每隔一段都要来吃，不吃不舒服。"

这道被文斌命名为"碧玉流水"的半汤菜，现在也被带回了武汉。在新华路的刘东家食舫，这家明清时期老汉口装饰风格的餐厅里，我有幸尝到了这道"出口转内销"的湖北新式菜肴。一口浓汤入喉下到胃里，口腔、喉咙和胃，三种不同层次的感受最终汇集到舌头，令人生津不止。匪夷所思的口味，那一瞬间我终于明白了一个词：没齿难忘。

在刘东家开业之前，碧玉流水已经接受了武汉人民的检阅。2008年，文斌和舅舅合作在汉口西北湖开办了一家名为欧华汇的高档餐厅，风靡一时。"碧玉流水"回国以后，文斌将主食材换成了梁子湖产的鳜鱼，选择 1 斤 3 两左右的鳜鱼，这样大小的鳜鱼，意味着其口感、肉质是最好的时候。水也会影响到汤汁的味道，“碧玉流水”在芬兰用的是当地的冰川地下水，回到武汉，文斌开始用某山泉矿泉水，一碗汤，4 瓶水熬制，是碧玉流水的基本配置。贵客光临时，也会改用芬兰进口的矿泉水。

“以前跟人说，什么水做汤会直接影响到口味，很多人觉得神叨叨的，现在的人讲健康了，信。其实事实就应该是这样，古今喝茶的人不也是对水很讲究吗？《红楼梦》里妙玉还用梅花雪水烹茶待客呢。”文斌很庆幸自己在芬兰的那两年，让他有足够的时间在一个“天生冷静”的环境里去阅读和思考。在他眼中，抛开水对烹饪味道的影响不说，用好水好食材，本身体现的就是对食客们的尊重，在中国饮食文化里，是礼。

刘东家擅长煨汤，文斌要求煨汤师傅：“你怎么煨给自己喝，就怎么煨给客人。”在武汉人的饮食习惯中，喝汤无疑是极具广泛性的饮食嗜好。而煨汤必须得有一个砂吊子，这砂吊子式样古朴，口径一尺半左右，表面毛刺刺，不上釉，两只或者四只耳朵鼓着，看起来粗糙简陋，用的年数越久，砂吊越是难看，但煨出的汤越是好喝。这样的砂吊子，我倒是在刘东家看到不少。

武汉的煨汤，勾头品种很多，在众多的煨汤品种中，排骨煨藕汤如神一般存在。用矿泉水煨汤的要求，也被文斌执行到这款汤中，所用的藕是专人从洪湖采购而来的野藕，这种藕煨汤易烂且粉，吃的时候，藕断丝连的状况甚至要保持两三米。每天清晨5点，刘东家的煨汤师傅就要将自己饲养的黑猪的肋排和野藕，放入砂吊子里小火煨炖，等待中午盈门的食客。

文斌对食材以及基于湖北菜式的新菜的研发充满热情。“碧玉流水”是从湖北菜的底子改良为适口芬兰人的菜，再改回湖北菜顺理成章，在欧华汇期间，它是数一数二的畅销菜。文斌也一度想用从芬兰带回的驯鹿这一顶级食材，来研发一道以芬兰食材适口武汉人的菜品。由于中国与芬兰没有相关的协定，食材的获取只能依靠回国的亲友一点点地带，难成规模。

欧华汇转手后，留下的在荆州建的梅花鹿农场和在通山县山里头圈的黑猪养殖基地，现在在刘东家派上了用场。鹿肉做的菜还在研发中，一道武昌鱼的新菜的开发已经接近尾声。文斌要将一条武昌鱼的肉在不过于破坏表皮的情况下剔出来，将鱼肉、猪肉和芬兰的黄油等食材一起制成“馅”，再将鱼皮合上，“还原”成一条鱼，取名为功夫武昌鱼。

研发新菜的功底得益于他在厨房里近30年的摸爬滚打，文斌1986年在会宾楼学厨，师从会宾楼的大师、红案泰斗汪建国，从杀猪杀鱼这类的出毛活开始，到上案子、上炉子，闻了30年油烟，仍未腻烦，直到现在，文斌都喜欢自己做菜。行里说，厨师不过年，不过一过初三，文斌就会呼朋唤友，亲自下厨，弄上几道小时候爱吃的菜。

文斌之前开过茶餐厅、西餐厅、创意菜餐厅，也做过餐饮界的爆款。1997 年，他与人合伙在江汉路电影院附近创办了一家烧烤店：凤爪王。用美食家胡婧的话来说，“凤爪王开启了一个吃烤鸡爪子蔚然成风的时代”。这家店面积 200 多平方米，但生产人员高达 30 多人，最高纪录一天卖 8 万元，光是串肉串鸡爪的工人，10 多个人从早串到晚上。餐饮界没有联合创始人这一说，但文斌现在仍是有多家分号的凤爪王的主要股东。

文斌自称“是在厨房长大的”，他的整个家族都在与餐饮打交道。姥爷在中华人民共和国成立前是地主，开办了多家食肆，有两房太太，擅长两个手打算盘。开的食肆在中华人民共和国成立前后都很吃香，两房太太的后代几乎都在国外，现在这个家族在芬兰有 60 多人，共开办了 20 多家中餐厅。

在中华人民共和国成立前，文斌的爷爷在老通城是精通红白两案的师傅。母亲这边兄弟姐妹 10 个，基本都在从事与餐饮有关的职业。父亲和母亲都曾在会宾楼工作，会宾楼和大中华酒楼一样显赫，也是有近 80 年历史的老字号，位于汉口三民路，鼎盛时店面有 4000 多平方米的规模，一楼小吃，二楼和三楼宴席，五楼、六楼住宿，数十年来都是湖北菜的标杆，也是宴请的最高礼遇。母亲后来在花楼街的以烧梅闻名的老字号顺香居当总经理，同时管理着群众豆丝馆和以水饺闻名的谈炎记这两家老字号。

文斌的童年，就泡在武汉那些老字号食肆中，一身的“汉味”。他喜欢精致的融合，现在他在试图将武汉的老味道与北欧食材融合。

四季

春光和茶叶蛋

前段时间，茶叶蛋有了梗，成了段子手口中的“奢侈品”和“炫富神器”。下面我要讲的就是中华传统饮食文化中不可取代的那颗真正的茶叶蛋。

三月三吃鸡蛋，端午吃鸡蛋，宁海、嵊州一带还有一个独特的习俗，吃立夏蛋。各家以茶叶煮蛋，谓之“立夏蛋”，并互相馈送。立夏这天，人手一个蛋，孩子是一定要将蛋挂在胸前的，熠熠生辉的是装蛋的兜子，用五彩丝线编织而成，叫蛋络。斗蛋也是这一带的习俗，大家彼此用蛋相击，看谁的蛋硬。

茶叶蛋，这是能唤醒 20 世纪 60 年代的人关于春游记忆的三个字。当时自拍发朋友圈是不会有的，也无需多么丰富的美食，他们的春游记忆里，是荡起的双桨、被风吹起的衣角和耳畔传来的歌声，记忆里有单车，有春光，还有茶叶蛋。

在无数吃食中，茶叶蛋是为数不多的可以被人闻出咸味的东西，就像是烘焙的蛋糕天然可以被感应到甜味。我们的童年以及白衣飘飘的年代，谁不曾途经茶叶蛋小摊？车站、码头，如今在上海老一点的街上，弄堂口还有烟纸店的话，店门口往往会摆两个电饭锅，一个煮玉米棒子，另一个煮茶叶蛋，它完整的名称是“五香茶叶蛋”。大料、茶叶与鸡蛋同煮的袅袅香气交织在一起，剥开蛋壳后清晰的花纹印在蛋白上，像是中国哥窑的瓷器一般美丽。视觉与香气，愉悦了整个傍晚。

我没有中年大叔的青葱记忆，关于茶叶蛋，我会想起电视剧《还珠格格》里的一段情节，一对卖茶叶蛋的老夫妇要暗杀皇上，抄起藏好的匕首刺向一脸蒙圈的皇阿玛，掀翻了一锅茶叶蛋，紫薇见势冲向皇上挡住了致命一击——这大致能看出茶叶蛋的群众基础是坚实的，它不起眼，但很特殊，既是小吃，又饱含家的记忆。春游的时候带一袋，看电影的时候揣两只，外出求学时行李里塞一包，它们多半是出自妈妈之手，所谓慈母手中蛋，游子身上揣。茶叶蛋和各种食物百搭，有营养又携带方便，老少咸宜，关键还特别顶饿，制作程序也不复杂。它不是速食也不是大餐，却自带人间烟火气息。

世界上最好吃的茶叶蛋只存在于记忆之中，茶叶蛋没有统一配方，妈妈做得最好吃。街头的摊贩不像你妈妈那样爱你，能把浸泡着的茶叶蛋藏得足够久，一直到完全入味才拿出来给你。这还会形成一种特殊的人生体验，吃的时候感觉不深，但是在日后，在远离那个时代时，它才会变成一种幸福感的象征，哪怕偶尔想念一下，舌头都会不安地扭动，期待着其实并不存在的蛋黄颗粒感。

春日炖蛋

卖茶叶蛋是一代人的生计，台湾的便利店中，基本都飘着一股茶叶蛋的味道，闻着味儿，就能精准地找到便利店。在日月潭玄光寺码头的台阶旁边，有个存在了数十年的卖茶叶蛋的小木亭，店主是80多岁的邹阿婆。她从18岁便开始在日月潭售卖茶叶蛋，由于选料精良、制作一丝不苟，在当地口碑一直不错。最初，人们管这个小档口叫靓妹茶叶蛋；阿婆到了中年，人们喊的是西施茶叶蛋；后来直至现在，变成了阿婆茶叶蛋。

茶叶蛋受欢迎的核心是入味。南方都有卤菜的习惯，在卤牛肉、鸡爪、猪头肉之后，再放进些鸡蛋与茶叶进去同煮，蹭了油水，也蹭了茶香，都融进了那一颗蛋中。人生好似茶叶蛋，要有裂痕才够味。制作它的关键是要在煮熟后用勺子背将蛋壳轻轻拍裂，经过长时间浸泡或煮，让味道通过纹路的缝隙浸入蛋中，蛋白上也会因此留下玄妙的花纹。

用茶叶佐以酱油、大料等重口味佐料煮蛋是一种粗暴简单的方式，茶叶、酱油、桂皮、八角、姜片，你问我各加多少，中餐都是以“少许”为单位，无须太在意。又正因为随意，赋予了其诚恳又接地气的心。

但不知你是否扪心自问过：吃过真正的茶叶蛋否？清代美食家袁枚的《随园食单》，是可考古籍中最早系统介绍茶叶蛋做法的：“鸡蛋百个，用盐一两，粗茶叶煮，两支线香为度。”古时两支线香相当于现在的4个小时，目的还是为了入味，也只有这样，才能让蛋黄带着绵绵的口感并包含茶与卤料香。慢火熬炖出来的，往往都蕴含着那种饱含着仪式感的美妙味道。

真正的茶叶蛋，入的是茶味，倘若大料、酱油少许，哪里还有茶叶的清香了。茶与蛋的组合，传递的是动物与植物、荤与素的巧妙融合。更重要的是，这样的组合解决了一个尴尬的问题：经过加热，蛋黄会释放硫化氢，它会让水煮蛋剥开后的气味闻起来像屁味儿，这是部分人不爱吃鸡蛋的原因之一。而加入茶叶同煮，则会完美地解决这一问题。

兴许有人会问，用什么茶叶煮鸡蛋最合适？我从不觉得食材寻常，就应该以寻常的材料辅之，我总是期待着化腐朽为神奇。粗茶叶那是古代人的审美，现代人要有现代人的精致。于是，我精选了 13 种原料靠谱、工艺正确的茶来煮鸡蛋，并得出了结论：武夷岩茶煮鸡蛋最合我的口味，其次是台湾乌龙。前者有清新好闻且霸气十足的花香，既没有丧失掉鸡蛋本身的鲜美，又增加了岩茶特有的味道，岩骨花香让鸡蛋有了“炭烧”般的口感。我用台湾的金萱乌龙和大禹岭高冷都试过煮鸡蛋，煮出来略带一些甜味，金萱乌龙特有的奶香味也能在其中若隐若现。

如果你对充盈着茶叶清香的茶叶蛋有兴趣，下面的招数将有可能改变你的一生；如果你能做出耳目一新又可以修正《随园食单》的茶叶蛋，人生的厚度必然会加分。

原料靠谱、工艺正确的茶是必须的，千万不可拿那种盒子比茶

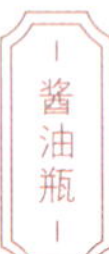
酱油瓶

叶贵的茶来充数，这是对鸡蛋起码的尊重。鸡蛋必须是土鸡蛋，一身抗生素的鸡下的蛋别往家里拿。按 1∶30 的茶水比例准备好茶与水，另用沸水将岩茶泡上 20 秒，泡了一次后将水无情倒掉，茶备用。鸡蛋洗干净放入准备好的冷水中入锅，中火煮沸后将鸡蛋壳拍裂，加盐少许再转小火慢炖半小时，投茶，3 分钟后捞出茶叶，静等汤汁泡蛋，至少得抱着今天做、明天吃的心。第二天，可口的茶叶蛋就出炉了。用鹌鹑蛋代替鸡蛋是可取的，因为鹌鹑蛋个小易入味，蛋黄小不噎人。

茶叶煮久了会大量析出单宁酸，口感上会发涩，所以茶叶要捞出来。如果想增加茶叶蛋的美感，可以用各种形状的树叶附着在鸡蛋表面，再用纱布包起来下锅，并取消拍裂蛋壳的环节，在捞茶叶时用针在鸡蛋两头各戳几个小孔，浸泡。第二天，一颗颗极具艺术性的茶叶蛋便如梦如幻般诞生了。

至于是纯茶叶蛋好吃，还是加了大料酱油的茶叶蛋好吃，我想我们要为自己的实验精神骄傲，强调独具一格的清香就好。毕竟不能和童年的味道争论啊，争不赢的，对不对?

小炒『春天』

春天多雨，雨水一点一点地浸润，揭去了瓦上霜、老树皮，桃花开了，柳芽冒了，苍冷的天空也被细细磨亮，漫长的冬天终于过去，美好的春天已经到来。

对于吃货来说，一个季节的伊始，意味着一个全新美食季的揭幕，只是春天的档次不一样，因为任何食材，都比不上刚刚发芽的绿，它们代表的是那一口至鲜至嫩。树上花、枝上芽，在雪融后的土地或枝头上萌芽、生长，发育到最水灵生脆之时，绽放于餐桌。这是最能感受到大自然恩赐的时刻，那些被年夜饭的大鱼大肉和一整个冬天都被温室蔬菜包围着的人，此时，油脂如大衣裹满的身躯，正迫切需要一些清（释）爽（放）。

流行于南北、没有地域之别的春日鲜蔬，当属荠菜、韭菜、香椿。

荠菜在《诗经》里有个好听的别名：枕头草，并描述它“其甘如荠”。早春的荠菜，既保留了为越冬而储备的养分，又吸收了为开花结果而吮吸的雨露，是最鲜嫩多汁的时候。

北方人爱韭菜多过荠菜。在我们小区的早市，左邻右舍大叔大婶的菜篮子里，常能看见探出头来的韭菜。傍晚下班的时候，瞥见楼上邻居拎着一把韭菜上了楼，他家今天八成是吃饺子，我想。不一会儿，楼上便传来了咔咔剁馅的声音，节奏欢快，仿佛要将这春色剁进馅中。

韭菜一年四季都可以吃，但都抵不过春天的头茬韭菜。数九寒天里的韭菜是一副弱不禁风的模样，一看便知是温室里走出来的，春韭则是大自然养育出来的本真，高下立判。

荠菜与韭菜，虽然味道上相去甚远，但它们特有的香气可解一切肉腥，清新的田野香气和粗犷的肉香，总能在馄饨、饺子、春卷里握手言和。其实，用韭菜与荠菜包饺子，倘若放弃那些“抢戏”的食材，仅用香油和盐，顶多来点豆干丁，细细拌了，这样的饺子会拥有一种接地气的鲜美与清爽，那清香味是蹦着跑出来的，沁人心脾。

香椿本在北方流行，这些年也在江浙沪菜场里常驻了。香椿操作简单，沸水烫烫，切碎了炒鸡蛋、拌豆腐，折腾不出太多花样。香椿的口感嚼起来像泡过的茶叶，味道不易形容，有人爱有人嫌。但它多少是诗意的，毕竟是要掐出那新绿最尖头的地方，有种以小博大的灵动和耐人回味。

香椿树是一种落叶树，冬天休眠，所以秋冬季吃不到自然生长的香椿。有一种可以保存香椿至冬天吃的方法：焯水，再过凉水，控干水分后用保鲜膜包起来冷冻。虽可时时取用，但少了时令的稀缺感和仪式感。

进入春季，当气温稳定在20摄氏度左右时，香椿便会萌芽。过了谷雨，叶子就开始变老，食用口感会变差，更重要的，叶子中的硝酸盐和亚硝酸盐会增多，所以人们常说，香椿不宜多吃。《食疗本草》也有记载：“椿芽多食动风，熏十二经脉、五脏六腑，令人神昏血气微。”

香椿，贵在时令，它仿佛是时间的标签，当市场上不见香椿时，春天也就过去了，似一个顺理成章的告别，需待时光轮转一圈，方可再会。

古人说要“食岁谷”，是说要吃时令食物，野菜就是典型的“食岁谷”。江南的春天，就是野菜的一场大型时令食物秀，马兰头、野葱、艾草、水芹等，房前屋后，山麓田畔，遍地都是。吃野菜是国际食物运动潮流，野菜是“本地化”食材，而且“零食物里程”，采集、运输不需消耗太多能源，对生态平衡也没有破坏。

勤劳的庄稼人更不会浪费这天赐的馈赠，小心翼翼地将鲜嫩的野菜摘下拿去售卖。阿婆阿爹担着几篓野菜，去到城里的大街小巷中，无须吆喝，这些新鲜的野菜总能在最短的时间内被抢购一空。城里的大爷大妈们也会“闻春而动”，他们挎上篮子，带着小剪刀、小铲子，奔赴郊外，挖野菜。

最爱吃野菜的恐怕要数南京人，他们拥有一套完备的“吃草”体系，菱、藕、茭瓜、莼菜、茨菰、芡实、荸荠、水芹，被统称为“水八鲜”；荠菜、马齿苋、鹅儿肠、香椿头、菊花脑、芦蒿、马兰头、枸杞头，被称为“旱八鲜”；旱八鲜再加上地皮菜、茭白等几种野菜，又变成了“金陵十三菜”，另外还有“七头一脑”的组合。

野菜最不会犯错的做法就是清炒，儿子说，最喜欢吃我做的小炒“春天”。我喜欢苜蓿，南京人喊着喊着就成“母鸡”了。江南一带吃苜蓿苗由来已久，爱的恐怕是它的清新香气。苜蓿只吃尖尖上的三片嫩叶，其余一律择净。小时候会呼啸着在三片叶子中寻找那“幸运四叶草”，也羡慕听说的别人家孩子找到的幸运。

上海人管苜蓿叫“草头”，酒香草头，是阳春三月里别出心裁的小菜，入口时的温柔令人难以拒绝，这都得益于柔嫩的叶子在白酒的激发下把草本清香发挥至最大。在江浙一带，草头也会用来烧河豚或烧鳜鱼，“小清新”配“猛男”，却也相得益彰。

我已经很多年没有吃到枸杞头了，甚是想念。它与荠菜、马兰头并称“春野三鲜”，生长在枝干带刺且低矮的枸杞树上，初春长出的嫩芽几乎吹弹可破，轻轻折断能沁出汁水来，被青汁染绿的手指要几天才能褪去颜色。枸杞头是未结果的枸杞的嫩芽，最嫩的枸杞头呈淡绿色，柔嫩可爱。枸杞头从上市到落市时间极短，不过三五天的光景，也就老到不能入菜了。

曹雪芹在《红楼梦》里写宝钗和探春馋嘴，俩姑娘合计着要出五百钱给管小灶的柳家媳妇，给自己“开小灶”，想吃一道“油盐炒枸杞芽”。枸杞头苦苦的，用油盐快速清炒一下，枸杞自然的苦味和微微的凉意，构成了别具一格的鲜绿清香，先苦后甘。炒的速度要快，不然枸杞头容易发黑，就连盛起来后的余温也会容易导致堆在一起的枸杞头变黑，所以要用盘子装它，莫辜负了春色。

春天的花，也是有食用传统的，比如槐花，北方吃得多，烙饼、炒鸡蛋，很常见。将槐花沾上白面和玉米粉，蒸上十来分钟，蘸着葱姜蒜汁或糖，好吃到飞起。以花入馔，自古便是风雅之事。讲究的，花要映衬出菜肴的核心味道，还要给味觉以惊喜。吃花的人吃的不仅是香气，更是要透着一番悠然自得、品质生活的意境。

樱花和槐花一样，都是只有十来天花期的风物，是季节限定的食材，可遇不可求。日本300年老字号荣泰楼让果冻和樱花相遇，果冻里面包裹着一朵完整的八重樱，光是看模样，都能让人的心情变成粉红色，让人感受到春光旖旎，连男生都有可能被它激发出少女心。

春天也不是全然没有荤腥，将沉睡一冬的春笋激活，展现出时令佼佼者地位，往往需要一块火腿或咸肉，再加上一些冬瓜和百叶结，一股脑放入锅中，小火慢慢炖着，随着氤氲的水汽升腾，空中开始弥漫着一股鲜香。

春天更诱人的是河鲜，做出花来的是河虾，有醉着吃的，有直接生吃的，有做成饼的，即便是一道小炒河虾，也有绝不能放小葱放料酒的，有必须放葱白的。其实都是想好上加好，此时的河虾，清水一煮，撒点细盐，就已经令人满足。

春潮迷雾出刀鱼。刀鱼这种不起眼的小鱼，凭借着古代文人士子的一往情深，千百年来都是当之无愧的中华珍馐。三月的刀鱼，从长江口洄游而上产卵，体内脂肪最为肥厚润口，正是“腴而不腻、鲜美称绝”的时候。人们说，最美味的刀鱼是出江两小时内飞速送至餐桌，20 分钟内蒸出、食用。这个过程，渔民、小贩、司机、厨师等劳动者紧锣密鼓方能使刀鱼达到挑剔食客满意的完美状态。

对比河豚、刀鱼这样的金贵之物，还是亲民的玩意更讨巧。对我而言，小时候的清明节从来都不是祭奠的时节，而是快乐的节日。清明节前后，伙伴们会结伴去河边采柳枝、摸螺蛳。清明螺，赛只鹅，这个时候的螺蛳不在产子期，难得的肥壮与饱满。辣椒、料酒，大火大油煸炒，一盘尤物就诞生了。

螺蛳从地理位置和人文情怀上先自江南化了，找一处青石板、拱桥洞、苔藓满布的河埠头吸附着，寂静无声地把一生交付了出去。它不似鲍鱼走的是贵气路线，而是丰俭得宜，不用挖壳，轻啜一口，就滚到嘴巴里去了。这需要些巧劲，但这又是最耐把玩的部分，耳鬓厮磨的，拈轻若重的，就着半瓶黄酒，傍晚就这样完美地被消磨了去。再泡上一壶上好的明前碧螺春，听着昆曲品着茶，人间仙境大抵也不过如此了。

我喜欢小炒的“春天”，除了它的鲜与闲适，更重要的，这些自然生长出来的短时令的食材，能令人真切地感知到季节与温度。如今的四季是模糊的，塑料大棚不知疲倦地培育出从不下市的反季蔬菜，进而让人对自然、对脚下的水土风物也开始模糊起来。

“风物”是个妙不可言的词汇，我怀念那个年代，温暖的阳光下，我们穿行在花树下、山野中，老人会教授晚辈如何分辨野菜，什么时候更嫩，伴生植物是什么，怎样做风味更足等，关于食物的经验在代际之间传递，让我们能感知脚下的这方水土。

我相信水土和时节的细微差异，真的会对食材的品质产生不可预测的影响。四季更迭中的不同食材风物所承载的历史记忆，甚至是用小铲子、小网兜去获取食材的仪式感，营造了一个离人间烟火最近又离喧嚣最远的世外桃源。

小炒一盘“春天”，会忍不住要给自己加戏，内心悠悠富足如良田千亩的员外，仿佛万般苦恼皆散，前尘往事俱可既往不咎。

大闸蟹：被捆起来的秋天味道

耐住寂寞的吃货们，终于要迎来食蟹最好的时节。九九重阳节前后，蟹黄红亮丰腴的母蟹上市，很快，膏如凝脂白玉的公蟹，也要滚滚而来。这些被绳子五花大绑着的美好肉体，是秋天的味道。

螃蟹是个抽象的生物学概念，一个认真的吃货眼里没有螃蟹，只有大闸蟹、小毛蟹、青蟹、花蟹、梭子蟹、面包蟹、帝王蟹……在国内，大闸蟹的受欢迎程度之广泛，恐怕要冠绝蟹界。

长江中下游乡间成长起来的男孩子，想必都有这样的记忆：时逢秋季，潦水尽而寒潭清，夕阳西下，秋风萧索，沟渠半干。折根枝条在手上，看到沟渠底横卧的大螃蟹，就将枝条轻悄悄递至大螯旁，勾引它夹住，夹住便再不松口，轻易就将这货钓上来。一路走一路钓，是童年的金秋。只是这种螃蟹味道一般，腿上也没有毛，多半是汪曾祺所说的“螃蜞”。

我们常说的大闸蟹，双螯处有如墨绒毛团，其余六爪呈金黄色，腿毛稀疏，挺拔有力，配上曲爪弯钩，看起来攻击力十足。市场上，

一年一战

人们多半是分不清湖蟹、河蟹、塘蟹的，而养殖者多各执一词。其实蟹是否好吃，有一个核心要素：看水质。

好的大闸蟹养殖区，选择在水库上游敞水区或河流入水库水口的两侧一带，因为这一区域避开了主河道，水域开阔、水质良好没污染。捕蟹者，在港湾间设置闸门，闸用竹片编成，夜间挂上灯火，蟹见光亮，即循光爬上竹闸，此时只需在闸上一一捕捉，故叫大闸蟹。

在阳澄湖当地，他们认为好吃的做法是水煮，不蘸任何佐料，“煮的时候往里面加点盐和料酒，大火煮开，小火滚 6~7 分钟，再焖 4 分钟，和蒸比起来，蟹肉的水分不会太干，蟹黄蟹膏也能彼此分享自身的精华”。

北宋词人苏舜钦说：“蟹之肥美，抵得上江山之美。”大闸蟹的美味，主要来自两个方面：蟹黄或蟹膏，以及肉质。如果在生长过程中，摄入的肉食性“饲料”较多，就会增加肌肉中鲜味氨基酸的含量，在吃它的过程中，蟹肉会有种淡淡的甜味，雌蟹的蟹黄会更加甜香油滑，雄蟹则糯糯粘牙鲜香无比。

大闸蟹是江南饮食文化的重要组成部分，对江南人的意义大于食物本身。人们经常会因为一个人不吃蟹而判断此人不懂吃，觉得不吃蟹的人生是不完整的，这更多的其实是在表达情感上的惋惜，惋惜的同时，各种语重心长地规劝。反正我是绝对不会劝别人吃蟹的——自己先痛快了再说。

食一只蟹，洗净双手独自沉醉，方能领略其精华所在。手中先得使劲，虽费力些，却也有拨开雨雾见日出的欣喜，也多了几分探求之乐。从掰蟹脚开始，先品了回味甘甜的蟹肉，再揭开蟹盖，一口咬下黏稠糊嘴的蟹膏或厚实丰腴的蟹黄，快意人生之感油然而生。

上海人吃蟹国内闻名，那个调调一般人真学不了。前些年在文汇路一家餐厅，我们一行三人每人 6 只蟹，吃相残暴迅速将其消灭干净，把吃螃蟹吃出了烤全羊的感觉。邻桌同步进食的哥们，神情肃穆地才刚吃完一只。我看他如法医走上解剖台般，卸下蟹螯，轻轻敲碎，再整只拆解，开盖，抠出每个部分的肉。他将壳完整地放在眼前，摆好后将所有剔出来的蟹黄与蟹肉摆放在蟹盖里，拍完照片，将蟹盖里的肉一饮而尽，这真是令人目瞪口呆的艺术，我在一旁也能体会到入口那一瞬间的酣畅淋漓。

虽然自己做不到，但我欣赏以抽丝剥茧的方式吃蟹的人，并认同他们虔诚认真地吃掉一只螃蟹其实是一种情怀，就像我愿意用一天熬一锅牛杂，只为了做一碗米线的浇头。

能把吃蟹的艺术推向高潮的，是消失了半个世纪的“蟹八件”。我开始在蟹宴桌上遇到高贵冷艳的它们，用不用的区别，并不在于能不能吃到蟹肉，而是你吃得够不够优雅。我羡慕他们用一种仪式感去对待美好的食物。只是，食蟹还是在家慢慢细品的好，宴席中一刻碰杯，一刻胡侃，哪静得下心将蟹肉丝丝剔出。这算是至今仍喜欢“武吃”的我，坚守的一丝骄傲吧。

我也曾狭隘地认为，大闸蟹最好的吃法是清蒸，直到后来吃到了秃黄油。简单地说，就是以猪肥膘末，佐以葱、姜，将蟹膏、蟹黄爆香，再用黄酒闷透，封缸。秃黄油可用于拌饭、拌面，它丧心病狂地将普通主食升华为神品。霸道至秃黄油，若和别的拌饭酱品相比，几乎可不屑一顾，围棋的让子、决斗用树枝、赛跑让别人先跑，都是这个效果。上好的一小罐秃黄油，能卖出乌鱼子的价格。关键是它可封藏一年，无蟹的季节，也能拿出来聊慰莼鲈之思。

在香港传统的食蟹老店天香楼，一盘纯蟹粉拿来捞饭，也颇为惊艳，让人瞬间忘记胆固醇的威胁。螃蟹鲜美，却要颇费番周折才能吃上，蟹粉菜以其一览无余的个性自成一派，毕竟，一勺子能吃下多只蟹的精华，美味充盈于口腔的满足感一下把分解食之的缥缈感聚拢起来，任何时候回味起来，那种意犹未尽之感越发具象。

食物是有灵魂的，吃蟹得遵循这个道理，只有搭配得当，才能让螃蟹的生命意义发挥到极致。以蟹入馔的高手是淮扬菜。主题宴席以一种食材作为主料，终归是容易腻烦，所以一席蟹宴，非常考功力，需要花样百出，味型百变。蟹黄汤包，蟹的鲜甜与老母鸡熬出来的浓汤融合一体，鲜上加鲜；蟹粉豆腐，豆腐和新鲜蟹肉蟹粉炖在一起，蘸一点醋，拌进米饭，寻常的豆腐也变得秀色可餐起来。

大闸蟹的美味是很矜持的，因此需要一些特别的东西去激发它。蟹酿橙，这是从南宋《山家清供》中得来的一道菜，这道菜在宋朝又叫“橙瓮”：选黄熟的大橙子截去顶，剜掉肉瓤，留少许液汁，将蟹肉放进装满，再将顶盖上，用黄酒醋水蒸熟，再加醋、盐拌食，橙香激发出蟹香，软糯柔情，食之“既香而鲜”。极致的做法中，是不用蟹黄蟹膏的，只从蟹的双螯里挑出那最细致鲜美的肉。

那些清蒸之外的惊喜，让我对用其他的方式烹制大闸蟹有了浓厚的兴趣。新加坡近年来流行将当地著名的黑胡椒螃蟹中常用的斯里兰卡蟹，换成江苏产的大闸蟹，这道料理用了意大利橄榄油、日版酱油和南印度的黑胡椒烹制，最大的特点是入味。上海文昌路的豫园也是喜欢“掉花枪”的餐厅，那些在大闸蟹外面的金黄色的常常被猜测为黄油或者鱼子的颗粒，其实都是芝士。它的最大贡献莫过于在老成规矩的蟹香之外，又平添了一种俏皮活泼的奶油香，实现了“熟女”和“萝莉”的混搭。

在苏州和南京两地开办餐厅的Jason，是乐此不疲的做蟹实验者。2016年七夕那天，章子怡在微博秀出来的像花束般的手捧小龙虾便出自他的手笔，但他的得意之作其实是罗勒小龙虾。

罗勒在全球美食版图中，是一味被广泛使用的香料，在台湾被叫作九层塔。台湾有那么几道菜，就是利用罗勒的香气以及颜色来完成的，比如三杯鸡、九层塔炒蛋。精于烹饪的人，对于原材料都格外看重，袁枚曾言：“大抵一席佳肴，司厨之功居其六，买办之功居其四。”Jason每年要花大量时间去全球搜罗各种食材，这款罗勒蟹所用的罗勒，是他前些年去意大利被惊艳到的青酱意粉。这种特制的罗勒青酱有浓郁的奶香和稠滑的口感，与槐花蜜、小米椒一起，用黄油与姜蒜煸炒，再与蟹同煮，火候掌控得当，才能既不让罗勒抢了一腔膏黄的丰满鲜香，又为单一的蟹肉增添了几分乡野小调。

除了传统如香辣蟹的做法，羊蝎子烧蟹的搭配也很是奇妙，这与鱼羊一锅鲜的搭配逻辑类似，燃烧对方短处的同时也提升彼此的长处。而针对花雕蟹的改良是值得称道的，如果不是江浙人，多数人是断不敢吃生醉蟹的。Jason将传统的生腌改为熟腌是个大胆的尝试，按常理，蟹煮熟后肉的弹性、口感、水分都会差一些。但Jason采用类似日式拉面里溏心蛋的原理，以急火旺蒸再用冰水急速冷却，让熟蟹有了生蟹的口感，又不至于太过辛寒。腌制过程中通过甜菊、甘蔗等配料激发了花雕的鲜甜，融进了大闸蟹的身体里。冰与火之间，锁定了蟹的本真味道。

毫无疑问，大闸蟹是那种经过简单处理即能有非凡美味的食材，它的鲜既强烈又微妙。秋天又是以吃螃蟹为最隆重之事，刚上桌的蟹，肉质极为香甜，蘸点姜醋，一口黄酒。美味佳肴，良辰美景，微凉的夜，那一刻空气也微醺，深吸一口，嗯，这就是秋天的味道。

愿你的生活有热汤

大寒，天欲雪。若要宽慰这个气温骤降、雾霾放肆的周末，我愿意花一下午的时间，煨一锅热汤。

我祖籍湖北，爱喝汤。旧时物资贫乏，走亲访友间最高规格的招待，便是一罐煨汤。延绵至今，煨汤早已成了家庭习俗，这让周末的排骨、腔骨、筒子骨、鸡鸭，都要比平日贵上些许。土鸡汤、莲藕排骨汤、筒子骨萝卜汤、猪肚汤，都由母亲包办，她总是最后一个坐下来吃饭的人。一坐下，她就把砂锅里的肉夹给我们姐弟俩，有时候是排骨，有时候是猪尾，有时候是一只鸡腿。一家人，总要经过多番推来让去，那块汤里被公认最佳的肉，才能找到主人。

我依然记得那碗最好喝的汤。20 世纪 90 年代初，母亲操持着第二天过年要吃的饭菜。过年上桌的汤前一天晚上就要用小火慢炖直至开餐，所以“煨”这个字，极为形象。那天做的是腊排骨藕汤，半夜里，我是被活活香醒的，是在睡梦中被强烈的香气直挺挺戳醒的，那裹挟了阳光气息的腊肉香气直冲天灵盖，霸道而强烈，具备摧毁一切困意和寒冷的魔力。我睁开眼，房间的玻璃上全是雾气，客厅里爸妈在讨论第二天的菜单，屋里暖和得像春天，这注定是我一生中最难忘的汤。

一碗好汤，浓郁的汤汁与舌尖缠绵悱恻，充实了寂寞的胃，也霸占了饥渴的心。汤汁化为你身体的一部分，渗透进你的血液，浸润你的骨头。你一扫而光，心满意足，回味着唇齿间徘徊萦绕的香味和内心的充实。

生活里怎么能没有汤呢？只是，于武汉司空见惯的煨汤，在北京却成了稀有物种。单位楼下新开了一家羊肉汤，虽然我没抱期望，但仍旧会失望：咦？羊肉呢？唉，汤还是水啊？我捞着零星的肉片，看着颜色有点浑浊的汤，浪费了食欲也糟尽了人的多情。

每一个人对正宗都有自己的理解，追溯源头，可能就是记忆中最为深刻的那个味道，第一次的味道，儿时的味道，惊艳的味道，所以才会在这个问题上有众多争议。我喜欢吃羊肉汤，吃过全国不同流派，苏州的藏书白烧羊汤，四川的简阳羊肉汤，云南的黑山羊清汤，都有其地域特点的“正宗”味道，但被深深烙印在记忆里的，还是宁夏的羊肉汤。

上一次我去银川还是北京奥运会那年，时隔 4 年再次造访，富宁街上那个不知名的巷口，当年的摊位还在，还是那个大叔。老远就知道是他，他那穿透苍穹的吆喝，辨识度极高。一路小跑过去的那 200 多米，叫作激动。随着他的声音入耳，羊肉汤的香气也钻进鼻腔，调戏着我的每一根神经。我像中了毒一般，肌肉紧绷着站在摊位前，落座，“老板，加肉，不要粉丝，一个馍”，像是默契捧哏多年的搭档，大叔应和一声“马上”的节奏恰到好处，然后，便是如坐针毡的等待和静止的时光。

宁夏滩羊肉，小火慢炖，无需加任何调料，只用些许的盐来调味。酱油、醋、盐、辣椒、花椒面都摆在桌上，咸辣随心。端来的时候，白白的汤里飘着成块的羊肉，缀着翠绿的香菜，一吃就停不下来。我夹了一块肉放进嘴里，肉感细腻绵绵，一股浓郁的香味在嘴巴里炸开，肉浸润了汤汁，一口咬下去，汤汁就从肉里挤出来。再来一块壮馍，揪了泡着汤吃，又暖又香又饱，幸福感爆棚。

我经常出差，只要看到汤馆就觉亲切，看菜单也喜欢先看看有什么汤。一碗热汤下肚，好似所有在外的委屈都能因此烟消云散。各个地方有各个地方的汤，好似一地的山水，有的温婉，有的豪放，有的精致，有的大气。不一定全是家乡的味道，却能让人感受到离开此地的游子们对此存着怎样的念想。下次遇到的陌生人，谈论起他家乡的这碗汤，不经意地也许还会令他热泪盈眶。

早年出差去温岭的石塘，一碗海鲜汤让我至今记忆犹新。我喜欢打渔归来的场景，傍晚，我跟着之前采访认识的七旬老人，拿着几个空箩筐，领着雀跃的五个小子，守在港湾，等待渔船归来。一同抵达的除了老人的两个儿子和儿媳，还有活蹦乱跳的小海鲜。

小小的重逢，也是炽热的。一番扑来抱去之后，大家七手八脚地将渔获装了满筐，抬到了不远处的门脸。事先已备好的小箩筐，门口一字排开。老人点起烟斗叉起腰，像军官一样指挥着孩儿们将鱼虾蟹分类，再按大中小分类。末了，老人从箩筐里捡出几只肥硕的青蟹、小老虎般的竹节虾，再抓上几把贝类，孩子们欢呼起来。多么熟悉的场景，我仿佛看到了童年的自己。这是劳动的奖赏吧。果然，老人领着一群小家伙，还有我，去到后面的厨房。他利索地将海鲜收拾干净，将虾壳虾头用油爆香，倒入开水，几分钟后捞出虾壳，投入其他海鲜，再放入事先已经煮好的面条，起锅前撒入盐和葱花，开吃。

我还记得当时身体里渐渐沸腾的血液，虽然制作过程不过一刻钟，看着腾腾热气，我早已急不可耐，以至于让我今日叙述其成汤过程都极为敷衍。我终于盼来了这碗蹭来的海鲜面，乳白色的汤汁勾引着舌头，浸在汤里的是没法更新鲜的虾与蟹。就连一同端上的一碟泡萝卜，都在搔着人的嗓子眼。这碗蹭来的海鲜面，有着下巴都能掉进碗里的鲜，也很烫，但完全不能阻挡我大快朵颐，风卷残云后，嘴里和胃里肆意绽放的甘甜，让人感到无比的熨帖。

我的广东朋友嘲笑东北没汤，能被南方人勉强称为汤的，只有西红柿蛋花汤、紫菜蛋汤和疙瘩汤，煲汤是少的。喝汤煲汤，确实不是东北“普世”的生活习惯，因为都是繁重的农活，喝汤不饱肚子。再加上东北气候寒冷，一个个地上菜，等菜齐了基本就是挨个冰凉。于是，炖菜就来得顺理成章，最好是同时做好同时端上，这就有了“一锅出”：锅里炖着，柴火烧着，饼子贴在锅沿，待炖菜加热变熟的同时，贴着锅的饼也熟了，饼也会吸收一些炖菜散发的气味。各种菜，加上豆腐、粉条、蘑菇，一大锅食材，你中有我，我中有你。吃菜、喝汤、啃肉，同步进行，即便吃不完的也不会坏掉，第二天烧根柴火、添点白菜豆腐又是一顿。

但东北乱炖的汤谁说不是汤呢？东北的黑山白水消弭了不同食材之间的界限，看似杂乱无章的搭配却融合出复杂、浑厚的滋味，它浓稠、丰富，并不突出某一种食材的鲜，但每一种食材的精华都浓缩在里面。

都说中国的汤，半壁江山是广东人撑起来的。凉茶和靓汤是广东人民对付一切湿热的办法。广东人非常喜欢喝汤，感冒了要喝汤，发烧了要喝汤，长痘了要喝汤，心情不好也要喝汤。总之各种各样的身体问题，都可以通过喝汤解决，汤简直就是广东人消除疾病、强身健体的精神图腾。

闽粤地区蔬菜、草药种类多，汤，有足够的追求花样的基础。虽然都是在水中加工食材，但汤的做法，也分得清楚明白：汆汤、煮汤、煲汤。拿洗澡来比喻，“汆”相当于淋浴，“煮”相当于泡澡，“煲”相当于洗桑拿。广东人什么都吃，又什么都可以拿来煲汤，木棉花、霸王花、五指毛桃根，就连桑叶也要拿来煲汤。前段时间我去福建的山里，碰到一条小毒蛇，发了个朋友圈，广东朋友纷纷惋惜蛇太小，不然可以煲汤。这已经不算什么，沙虫、水蟑螂、鳄鱼，都已被广东人煲成了汤，试了滋味。

很多汤，并不见得是以“汤”为形式和招牌。我酷爱吃面嗦粉，一碗好的粉或者面，一定要有小火长时间熬制的高汤打底，放汤包、调味包的一律不算，靠撒味精、鸡精的也一概不提。若论汤头，牛肉面自然在五虎之列，牛肉汤准确地说应该是牛骨汤，只有肉没有骨头的话汤头肯定一般，必须用牛骨慢熬的才好。清亮亮地舀在你的碗里，再撒一把碧绿绿的青蒜，加上几勺香喷喷、红彤彤的辣子，汤未入口，颜值已令人垂涎。

我去厦门待了一星期，完全被沙茶面的面汤蛊惑了，那是一种混着面香，仔细品还有椰子的清甜的浓稠咸鲜的汤。衡阳鱼粉的汤头也令我惊艳，比沙茶面要带劲，它用河中的草鱼、鲫鱼和猪骨或者鸡骨、鸡肉等作为原料熬制高汤，为了去腥还会用上较多的胡椒粉与生姜。乳白色的鱼粉汤，浓郁的鱼鲜中透着一丝生姜与辣椒的辛辣，不由分说地在你的大脑记忆区刻下自己的名字。

日本拉面汤头的种类也相当丰富，盐味、味噌、豚骨、海鲜等。关西地区最南端的和歌山县，有家近 70 年历史的井出商店，是拉面爱好者的朝圣之地。汤头是用猪棒骨熬制十小时而成，十分浓郁，喝一口汤，再抿嘴唇，感觉嘴巴可以被粘上。

古人仿佛很懂得利用时间的味道，将排骨腌制，用腊月的太阳晒出油，夜晚转至内室，交替多日让肉失去水分。时间好似抹去了食材的戾气，让它变得更加专注，专注于突出自己的精华。再小火慢炖上十多个小时，在缓慢中精进，不急不躁，让食材们充分融合，不分彼

铜舀勺

此。大概世上的食物都是如此，吃得太快，总会差点什么，加点时间进去，味道就完美了。

汤一类的东西，大概只有小城市的才会真的好喝。小城市，小尺度慢节奏，每顿饭都有一家之主精心筹备，就像我母亲，不紧不慢地炖着汤，时不时舀一勺尝尝味道，一脸从容，温柔极了。

我真真切切地感受过这座城市里的许多人不曾感受的东西。春天，楼下种的花草，藤蔓会顺着墙壁爬到自家的窗台边，风一吹，就若隐若现地偷露出一点新绿；在这里，人们无须担心衣服不小心被晚风吹到楼下，因为邻居一定会在第二天早上将它拾起，挂在楼梯扶手上；小孩不用害怕停电，妈妈有事要出门也不会走不开，随便敲开任何一家的门，他们都会热心地把你领进去，让你看你喜欢的动画片，只要是周末，准有好喝的汤。

那里的一切，都是我所怀念的，也都在我煲出来的每一锅汤里。

腐乳：人间有味是清欢

在布拉格的第一顿饭，一个不知名的糊状物让我惊呼缘分，我惊叹于它与国内的臭腐乳竟有异曲同工之妙。它和随后端来的捷克大肘子一起，安慰了我渴望本国食物的胃，也弥补了此前一周多食之无味的恨。

令我心花怒放的布拉格糊状物，是用当地啤酒拌当地臭奶酪，Blue Cheese的一种，这个被不喜之人称为味同嚼臭袜子的奶酪有个具有欺骗性的中文名字：蓝纹奶酪。它在欧美比较常见，芹菜蘸Blue Cheese是酒吧里常见的小食。我一直怀疑，正因为臭奶酪和臭腐乳能对标上，老外才将中国腐乳称为“东方奶酪”。

我是“东方奶酪”的狂热追随者。小时候完全不会吃的东西长大之后变得超喜欢吃，这是不是宿命呢？姥姥说，腐乳配白粥，给她龙肉都不换。当时我是不以为然的，现在，它是我走南闯北的必备之物。

腐乳首先是开胃助食之佳品，专治各种厌食多年的铁胃。腐乳本身具有较长时间的存放功能，有它的存在，一家老小可迅速解决没菜下饭的问题。作为清贫岁月的调味品，腐乳别无选择地成了老百姓的餐桌美味。其原材料大豆，若直接食用，是比较鸡肋的食材，煮粥不如绿豆、红豆，炒菜不如四季豆、豇豆，当零食不如毛豆、蚕豆。但当大豆变成豆腐之后就瞬间逆袭，煎、炒、炖、炸，没有死穴，当从豆腐转化成不同口感的腐乳后，又具备了更为辽阔的调味用途。

做腐乳，豆腐不能太嫩，否则做出来不成形；水分不能太大，要将豆腐隔着纱布压干，使其不再渗水。切成小方块，晾放几个小时，收敛水分后用干净的竹筐，铺一层稻草，码一层豆腐，再铺上一层稻草，再码。放在阴凉处，半个月后，豆腐就会长出一层白毛，这时便可将调料拌和均匀，放进土坛子，加入白酒，封坛。剩下的，就交由时间，采集、酝酿、发酵、新生且融合为崭新的内涵。

腐乳的流派很多，北方部分地区称它为酱豆腐，西南地区叫霉豆腐的多，广东人说的腐乳一定是白的，红色的被称为南乳。按颜色，腐乳有分红方、青方、白方；按口味有咸香、麻辣、香辣，还有臭腐乳；形态上，有干的、带汁的、菜叶包着的，还有裹海椒面的。那种带汁的裹煳海椒面的霉豆腐，我在武陵山区的酉阳吃过，海椒面是在柴火红灰里炮制后用手搓出来的，那股煳辣鲜香像是从原始社会飘过来的。

猫乳、猫鱼这些不明觉厉的地方称谓，来历尤为有趣。古人忌讳讲龙、虎、鬼、梦四个字，腐乳的“腐”字谐音“虎”，“虎”字通常被古人说成“猫”，“乳”字又谐音“余”（鱼），有年年有余之意，猫乳、猫鱼就是这么来的。

我一直觉得，腐乳有一种一口定终生的感觉，是凝聚着中国人的感情做成的，是口腹之欲，也浓缩了一份风土人情。它之所以饱含家的味道，恐怕是因为食材皆是来自本地农家自产，再用街坊之间交流了数百年的传统手工制作，年年岁岁、家家户户，最终形成的味道。通过味蕾，激发人们根植于内心深处的乡愁，离家越远，味道越浓。街里街坊手作的那一坛腐乳的味道，很难通过技艺去还原，其中的酸甜咸辣，纵使了然于心，也难以描摹，之于旁人，就更加无法领会。

收集农家自制腐乳是我的小癖好，好似能品尝出不同家的味道。在武夷山桐木村，正山小种红茶技艺传承人梁骏德家，当作餐前开胃小菜端上来的腐乳，是老梁江西老家的味道：咸香、微辣，有一点点臭，有一点点小时候的味道。毫不夸张地说，给我两块腐乳，我就能干掉一大碗白米饭。

桂、滇、赣、鄂、湘一带，人们对腐乳的酿制有着原始的执念。广西临桂的横山，几乎家家户户都会做豆腐乳。这里古法制作腐乳依然有人在传承：将大豆浸泡在有 300 多年历史的四方井水中，催生出独特的香气。装瓶时放入一片新鲜剪粽叶，倒入“桂林三宝”之一的三花酒，粽香、豆香与米酒的香气融为一体。

老一辈的手艺人告诉我，做腐乳的关键除了发酵的环境，最重要的就是水。这便不难理解牟定腐乳令家乡人惦记的，除了辣椒、花椒等多种佐料造就的鲜红油润，还有他们津津乐道的那口祖上留下来的石羊井，好似细腻柔糯、齿颊留香全因这古老的井水。

巴蜀之地从来都不乏农家自制腐乳。我在四川尧坝遇到过一种无油无汁的腐乳，自成特色。每块豆腐乳都被干干的辣椒碎包裹，表皮有点辣，戳开以后，咸、麻、辣、香的综合恰到好处，肉质细腻绵密，是不可多得的送饭佳品。

咸辣系腐乳中，口味更独特的是我在江西进贤体验到的，当地人似乎每顿饭都要佐以腐乳，更多的可能是为了达到少吃菜以降低生活成本的目的。进贤的腐乳除了放大量的辣椒面，还会放柚子皮，从而融合出了一种强烈的香，令人印象深刻。

一块腐乳配一碗粥或一碗米饭，在江、浙、沪、皖一带的餐桌上总占据一席之地，这象征着一份简单极致的幸福。其中，火腿腐乳，算是腐乳中的战斗机。扬州、绍兴、黄山、上海四地，是将火腿腐乳发扬光大的主力。它们有带火腿丝和遍寻整瓶不见火腿的区别，味道倒差别不大，基本都是甜中带着点咸，吃起来能感受到一点点嗲。这是很多老上海、老浙江的心头好，用来炒鸡蛋，或者搭配叉烧，堪称下饭一绝。哪怕是开水泡饭就着一块火腿腐乳，这种极简风格的一顿饭，依旧不会令人惆怅。

各地腐乳味道各有不同，但它们发酵、长毛、沾盐、浸酒等工序基本一致，不同的只是发酵的温度、湿度、作料。这种貌似粗鄙的饮食，其实隐含的是食不厌精的另一种高级形式。腐乳富含植物蛋白质，经过发酵后，蛋白质分解为各种氨基酸，人类味觉喜欢的尖锐的鲜味，便源于氨基酸。这是人们利用腐乳做出叫人刮目相看的绝顶美味之核心。尽管它没有琳琅满目的食谱可供选择，若有闲心，每天以它为材料烧一个菜，恐怕个把月也不会重样。

岭南一带长大的人对腐乳的记忆似乎总是用来炒菜多一点，腐乳汁炒空心菜最为常见且简单易行：热油爆香蒜头，放入空心菜快炒，浇上腐乳汁，三分钟即可完成一道下饭家常菜。

鳜鱼或鲫鱼一条，剖杀干净，然后在鱼身上切十字刀，用盐、味精、葱、姜稍渍一下。将豆腐乳对剖，盖在鱼身上，浇点腐乳汁，放上葱结、姜片，再用旺火蒸十分钟即可食用。此鱼特点为清香扑鼻，鲜嫩开胃。

不同的腐乳也决定了菜的味型，比如一样是红腐乳，绍兴的较鲜甜，广东的较咸香。贵阳的啤酒鸭是把鸭肉斩块，加上豆瓣酱，泡辣椒、酸姜以及大量的白腐乳煮出来的，肉鲜味醇。苏州松鹤楼的名菜腐乳肉，肉味浓醇，入口即化，“萃取”的是绍兴红腐乳的精华。

其实，做红烧肉或红烧排骨的时候，把一块红腐乳捣烂丢进锅里，任它慢慢翻滚、融化，就是一道简易好吃的腐乳肉。还可加些煮好的鸡蛋进去，变成红烧腐乳肉带卤蛋。吃不完回锅加热，越陈越香。

腐乳百搭，与其他食物配合，能滋生出更鲜美的独特味道。烧烤可以作为腌制料，也可以作为蘸水、火锅调料，凉拌菜时也有奇效。

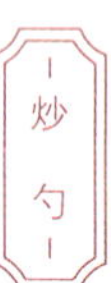
炒
勺

蒸鸡蛋羹时加入腐乳汁，则无须再放其他调料。香港半岛酒店的行政总厨教过我一道 1 分钟早餐，用腐乳代替牛油，抹在土司上，撒一点点砂糖，咬上一口，咸甜交集，惊为天人。

循着这样脑洞大开的思路，我找到了全新的搭配方式：早餐吃燕麦时配腐乳，烤馒头片抹腐乳，煮好的意面加腐乳汁，我甚至将腐乳混合芝士、奶油，做成腐乳芝士蛋糕也别具风味。

人们用蛋糕庆祝快乐，用辛辣挥洒遗憾，我相信，没什么比腐乳更能见证“臭味相投”。

腊肠，你是最特别的

又到了腌制腊肠的时节。

南方的许多小城，一到冬至，阳台上、院子里，就挂满了腊肠，红彤彤的，像“门帘”，微风一吹，整条街飘着醉人的腊香，过年的味道，就这样提前飘荡在空中。新年过完，腊肠进了行囊，随着远行的人，到达各个陌生的城市，继续着家的味道的温暖，直到下一个新年。

人类的文化基因里有着对丰收喜悦的欣赏，看到硕果累累总是不由自主地欢欣鼓舞。内心的小恶魔在这样的鼓舞之下，总是按捺不住地想做点奇怪的事。那是一个寒冬冷冽的傍晚，在湖北的一个小城，5 个熊孩子用树枝将邻居家阳台上晾着的腊肠勾走了一串，火急火燎地簇拥着赃物跑到小树林里烤了吃了。这，是我对腊肠最初的记忆。

有些食物，可以填饱你的胃，同时也能满足你的灵魂。我至今都还记得那天吃的那条皮薄润香、扎实有料的腊肠，那浓郁美艳的肥瘦混合，让我们甩着哈喇子一路狂奔时的所有想象全部得到满足，以至

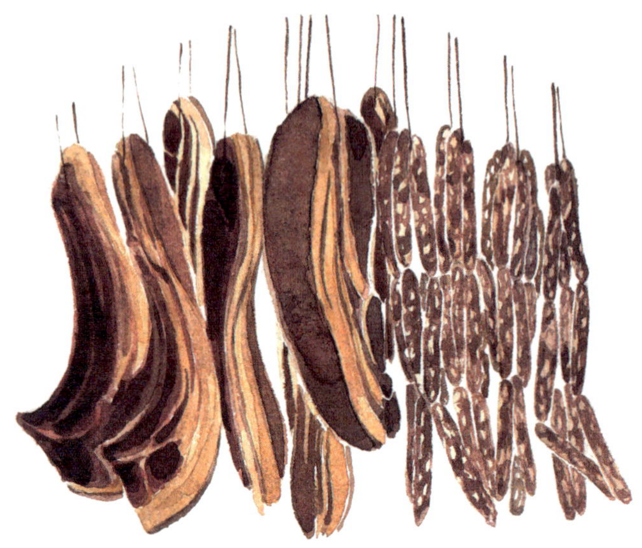

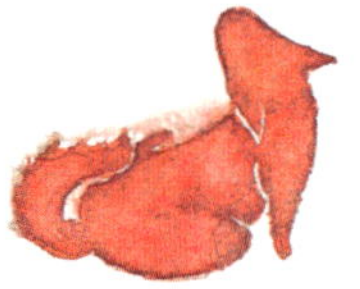

腊肉飘飘

于至今它仍在大脑的核心记忆区里闪闪发亮，也让我在成年以后每一次吃到腊肠，都不由自主地去对比那次带着罪恶感的美妙味道。

腊肠、香肠这类肉肠类食物是足以放诸四海而皆有的，世界各地的人不约而同地把碎肉灌进肠子，它们可以是新鲜的、烟熏的、风干的、麻辣的、香甜的，生的或熟的，荤的或素的，还有塞内脏的。在没有冰箱的年代，鲜肉保存困难，人们把肉或者内脏剁碎，灌入猪肠或其他动物肠子里，用腌制、晾晒、风干等方式延长肉类的保存时间，达到贮存的目的时，就是腊肠了。

你很难精确地表述香肠和腊肠有什么区别，晒过的或风干过的是腊肠？较为新鲜的或者甜口的是香肠？也不全是如此。在不同地域的表述中，腊肠和香肠是你中有我，我中有你的，比如四川、湖北、湖南的语境中，腊肠和香肠都是一个意思，细究起来，以家庭为单位，或许会有一些不同。它每到一处，都会根据当地的物候、风土、风俗演变为本土的传统，填塞料和口味表明了不同生活环境、不同家庭的差异，代表了一方水土和一个家族的习惯，这决定了每个人生命中特别的部分。

腊月做香肠，是很多地方的习俗，所以称为腊肠。民间有句俗语："小雪腌菜，大雪腌肉；冬腊风腌，蓄以御冬"，古时没有冰箱，大雪后气温急剧下降，天气变得干燥，正是适宜腌制腊肠、腊肉、咸鱼的好时候。每到腊月，宰杀掉养了一年的大牲口，做成腊肉、腊肠挂了满满一竹竿，在物资缺乏的年代，这就是我们一整年的肉食，并

腊肉

率先在春节的餐桌上登场。

腊肠的食用方式非常亲民，蒸熟的腊肠色泽红白相间、油润可爱，香味馥郁而浓醇。将它切成片，和各种蔬菜做搭配，随便炒炒就是一盘家常美味。它也是懒人福利，将一段香肠直接丢入电饭锅与大米同煮，简单粗暴便可收获美味。

每个人心中都有属于自己的腊肠记忆，一辈子都在寻找彼此的“麻”和“辣”，它们构成重口味腊肠，是白米饭杀手；广式煲仔饭上面细小的一片片的甜口腊肠，早已征服了大江南北；开往北方的列车上一根风干腊肠加一罐啤酒和一碗泡面，宛如虚构的盛宴。

如同做一条鱼，制作腊肠，最重要的是肉要新鲜，更不能把你喜欢的腊肠交给催熟的肉。吃过最矫情的腊肠，选料堪称变态：黑底白花的阿猪得早上 6 点起床，这是生物钟；晚上 11 点睡觉，这叫子时，是天道；每天上午 10 点要撵起来晒太阳，它背上的大椎穴是阳气的大开关，晒得阿猪真气流动，静脉活络。如此足岁，方能宰杀。宰杀当天，用艾草给之洗澡，并于午时三刻阳气最重之时动手。主人说，这样做出来的腊肠，香而不腻，才可称为臻品。

其实，做腊肠没有标准配方，盐、香油、糖、高度白酒，这是原味香肠的用料，就是这么质朴。其他的变化都以此为基础：喜欢甜口，多放糖；喜欢麻辣，加料。有些制作小贴士至关重要：肉不要绞，要切成条状或块状，肉末没嚼头；不能全是瘦肉，这样的腊肠根本就不值得品尝。在腊肠的世界里，没有肥肉就没有惊艳，它令人享受的滋味，都是建立在油滋滋、甜腻腻的打情骂俏中，所以腊肠中至少得20%的肥肉起，可以多，但不能再少了，但又不能太多，多了就变成了“油条”。

灌香肠时候要灌紧实一点，肠衣用细一点的。肠衣的选择和肉的选择同样重要，猪、牛、羊的大肠、小肠，甚至牛的食管都可作为天然肠衣。现在正经香肠都贵，因为天然肠衣越来越稀缺，且贵。中国的“肠衣之乡”河北顺平县可以了解一下，很多村子家家做肠衣，一到冬季，全村都刮肠衣，给肠衣充水，腌渍肠衣。

盐渍肠衣是为了防止肠衣变质，所以灌肠之前要用水泡。灌好了绑上，用针在香肠上扎几个眼排气。挂着风干，一般吹个十天八天就差不多了。赶上好天气，拉出去晒上几天太阳，晒出油来，这个戏码若能完成，你可以期待着它将从不同层次和不同方位，浓郁且高调地攻陷你的味蕾了。

至于为何进入腊月才制作腊肠、腊肉、腊鱼，我想不光是因为气温低，方便保存。我无法确切地解释清楚为何腊月晾晒的腊肠拥有超越其他月份里制作的腊肠的迷人香味。我猜是腊月里温和而神秘的阳光佐以平均40%的相对湿度，赋予了其特殊的风味。在特殊时节的温度湿度下，阳光与风帮助腊肠发酵、醇化，让肥肉和瘦肉互相渗透，酒香和肉香融合，生物酶和蛋白质发生奇妙的化学反应，腊肠才会变得扎实且耐人寻味。

这样的腊肠，能点燃儿时的记忆：在那间陈设简单、墙壁斑驳的老屋，落雨的时候，檐上的雨水落下好像一道水晶做的帘。我趴在窗台上看雨，听到“哧啦”一声，是妈妈做饭时蒜苗炒腊肠下锅的声音。随后便满屋子腾起浓油赤酱的香气，一块块油亮亮的腊肠，摆在灶边让人垂涎欲滴，我的眼里没有蒜苗，只有那薄薄的切片，肥的部分晶莹剔透，瘦的部分鲜红紧致。

地道的广式香肠也是要晾晒的，只是岭南地区湿度大，冬季气温温和，昼夜温差不大，与内陆省份腊月的气候差异明显，它有它的风味，但就是没有腊月里阳光的味道。超市里那种工厂化的广式香肠不吃也罢，都是经过 50 多摄氏度的温度烘焙而成。

湖南到了腊月，熏香肠的日子是要提前定下的，也是求个风和日丽。湖南人把熏不叫熏，叫“秋”腊肠，“秋”是动词，形容袅袅升腾的烟。空地上架一口大的铁皮桶，香肠挂在里头，上面再搭上布或纸盒子，烧上柴火，柴火上还要架着柏树枝，防止火太大，桶内要一直保持燃烧但又不可见火苗的状态，要时时戒备，火舌觊觎已久，带着油的香肠和腊肉一点就着，如果火大则可以撒一把锯末灰。

湖南湘西土家人有一手熏腊肠的好手艺，湘西农家熏腊肠的场所多在堂屋，挖一火坑，采用秋松木、甘蔗皮、橘皮熏制，松木木质坚硬、水分少，燃烧时烟不熏人，熏出的香肠经三伏而不变质。肉则挂在火坑上面，有的也挂在灶上面，文火慢熏，取暖、做饭、熏腊肠，一举三得。

食物，本味二字最珍贵，主味不能冲，辅味不能隐。我喜欢原味腊肠，咸中微甜，咸中微辛，咬落鲜爽香脆，有阵阵酒香。我喜欢金华的腊肠，其虽无金华火腿之声望，但在金华，自家动手做腊肠的群众基础，远盛于火腿。一个能将火腿做好的地方，做腊肠自然不在话下。

金华是盆地地形，一条源自大盘山脉的婺江自东向西缓缓穿城而过，地貌上，“三面环山夹一川，盆地错落涵三江”，自然而然形成了一个循环的生态链。因此它是粮食、水果和养殖产业的绝佳发展场所，也孕育了独特品种的猪：两头乌。当地人说，吃过两头乌的人，再吃别的猪肉都是将就了。用它制作的腊肠，更香、更细腻。

为了吃上一口两头乌制作的金华腊肠，我曾和物喜食材的创始人傅老师一同参与了制作。傅老师找到了一头可靠的两头乌，当天鲜肉确保新鲜，用真正的猪小肠做肠衣。1∶3 的肥瘦比，瘦肉用后腿肉，肥肉只用脊膘。脊膘是猪背上最好的一块肥肉，也是腊肠香味的重要来源。调料仅为盐、糖、白酒，我们用纯粮食的高度白酒，促进肉的醇化。

我们将一篙篙的香肠推到露天，让腊肠接受阳光与山风的洗礼，中午日头烈，又将一篙篙的香肠推回凉棚。如此这般，晒晒收收，让香肠慢悠悠地吸纳着天地灵气。忙碌和等待凝成的“滋味”，第一时间就将我们征服：一口下去，肉汁四射，再咀嚼，油脂、酒香释放，像鞭炮一般，噼里啪啦地引爆味蕾，让你沉闷的胃和疲劳的舌尖开始狂欢。

生活将你大卸八块，这口腊肠却能将你拼凑起来。“哇，这就是小时候的味道”，“嗯，有妈妈的味道”，我们很激动。对于思乡人来说，这是所有味道里最人间烟火的部分，就因为这一口，所有的野心都可以暂时消散，让人只想回到那个小城。

古老的传统美食自有力量穿越时空，无论你身在何方，都能够感受到这些元素微妙而又清晰地凑在一起的妙趣横生。

后记 人生那么长，怎么能不吃东西呢？

那是马路上几乎没有汽车的 20 世纪 90 年代初，妈妈在竹床上午睡，我靠在躺椅上，用一面小镜子反射夏日午后的阳光，我照着路人，照着树，照着飞过的蜻蜓。厨房里的水龙头故意没有拧紧，水一滴一滴地掉落到水缸里。

终于等到了挎着泡沫箱子的老奶奶路过，箱子里有棉被，棉被包着的，是冰棍。来一根，撕开包装纸抽出来时冰棍还冒着冷气。冰棍化得快，我舔得就越快，每一口凉意都直抵心间，一切躁动和燥热都被 5 分钱一根的冰棍带走了。

朋友问我夏天里最美好的食物是什么？啾，就是这个。孩子的夏天才是夏天，大人们只有“最热的这三个月”。

味道可以像一双手，能推开吱吱呀呀的记忆之门。让我觉得最好吃的那顿饭、那份小炒肉、那盘炖牛肉，都是有时间、场景、人物的，它们构成了一个故事，住在大脑的核心记忆区，在之后的岁月里，因为一个相关的味道，或者一个略有关联的小物件，记忆碎片就会被勾连出来。

食物会透露出你是谁。朋友在西雅图开餐馆，每到过年，总能看到很多留学生吃着吃着就潸然泪下，“有的光看着菜单上印的汉字就不行了，情绪上头”。臊子面，关中西部地区婚丧嫁娶、孩子满月百天、老人过寿都离不开这个东西，人们调侃大龄青年常说：今年你的臊子面吃得上不？臊子面之于关中，热干面之于武汉，担担面之于成都，谁不是一碗现原形？

生活将你大卸八块，总会有某个时刻、某个吃食将你拼凑起来，也总会有一种味觉牵引着你回首美好往事一点也不心虚。有一年通宵加班，回家时小区的早餐店刚支起摊，我要了一碗豆浆、一根油条，把油条泡在豆浆里，让油条的孔洞吸饱豆浆，就着清晨的朦胧雾气一口吃了下去。那天刚入冬，那股扎实的暖意，把盘桓多日的诸事不顺的念头悉数赶走。

胃在心下面，把胃伺候好了，心里就踏实了。所以，我一直觉得食物是有力量的，能抚慰心灵，给人以勇气。它有烟火气，有人情味，我乐于探究这些。得益于我的职业，我可以走很远，见不同城市的烟火气。我做了 16 年记者，出差很多，每到一个城市，傍晚工作结束的时候，如果顺利，自然就要找一顿好吃的犒赏自己；如果工作不顺利，就更要找点好吃的，让自己心情好一些。

我喜欢晚上的城市，这个时候的烟火气真实而熨帖，大部分的食摊、排档，都是一份温饱营生，社会百态都在其中。环绕着的都是尘世间普通的饮食男女，喧嚣、沉寂、嬉笑、倦乏，都在这里。他们的喜怒哀乐贪嗔痴，难道不是观察城市与生活的绝佳角度吗？我就是这样完成了对不同城市的第一次触摸，再一次触摸。

2015 年，我又回到《三联生活周刊》，开始从写经济、写产业转型转向写社会题材、写生活方式。没多久，我接到新任务，牵头一年一度的春季茶封面，并尝试将这个 IP（知识产权）进行商业化。于是，操作茶封面的同时，我们开始酝酿一个垂直的茶内容电商，就是后来的熊猫茶园，也叫熊猫爱茶研究所。

创办熊猫茶园，我的工作由写稿转为找好茶，从过去到一二线城市出差，变成了去更小的城市、县城、乡镇，甚至去山里出差。我惊奇地发现，在那些令人心驰神往的美食大省，很多小城市美食的精彩程度，甚至要远超省会城市。它们展现的是本乡本土、原汁原味，一些都市人久违的“小时候的味道”仍然生长在乡间，绿的仍绿，红的仍红，它们勾起了我许多的往事与回忆，也让我兴奋。

《三联生活周刊》这本杂志属于国企，在国企工作收入大都乏善可陈。但记者的收入可多可少，写得多，赚得自然多，在平面媒体里，《三联生活周刊》的稿费标准可以说是一流的，增长的天花板是够高的。我从杂志写稿中剥离出来后，国企工资结构的尴尬就显现出来了——收入无法维持家庭开支。创业项目，从早忙到晚，用深夜的时间写微信推文，是我找到的解决方案，周刊微信公众号正好需要原创写作。写美食的微信推文也恰好迎合了我做熊猫茶园期间所见所闻的表达欲。

两千多字，一个晚上构思，一个晚上写作，我写烟火气，写人情味，在《三联生活周刊》公众号的“好吃”专栏用各种花名写作。我在微信后台和读者互动，通过他们，我又收获了许多闻所未闻和见所未见的东西，还有很多“远方”值得去探索。持续获得新鲜感，和对许多听闻保持强烈的渴望，这才是我将写美食专栏持续下去的动力。当然，2500 元一篇的“爆款”，也是动力。

这本书就是这么来的，而作为“后记”，当然是要由衷地表达感谢之情，除了感谢中信出版社，首先要感谢的就是老雇主《三联生活周刊》，这是一个不可多得的平台，它足够开放和包容，副主编李菁、吴琪等是轮值微信公众号负责人，他们的鞭策总是直接有效：“2500块就在地上躺着，你捡不捡？”那两年，我第一次感觉到写字的幸福感，我是带着这样的幸福感吃饭写美食的。

《吃和远方》的名字是我起的，食物在我这里，是探寻某段岁月、某个城市的钥匙，有了它，我和“远方”之间，仿佛有了一座桥。每个不在家乡的大年三十，我率先会想到的是一吊子腊排骨藕汤。在家乡这需要从大年二十九的下午就开始炖上，好大一锅，冒着热气，能把房顶熏出一层水汽来。我妈这一整天都在忙碌，她全身闪着光，在狭小的厨房里辗转腾挪，走起路来，仿佛能留下火焰。我的口味、审美，操持饭菜的习惯，很多都来源于她。

我的父亲可以说是这本书的“始作俑者”，他差不多在我一开始写的时候就时不时点评下，催促我持续写下去，并提醒我，要留心收集素材，做好备份，“以后汇集起来出本书”。这本书当然是要献给我的父亲母亲，在他们眼中，变成“铅字”的价值是不可估量的。当然，这本书之于我也是意义重大的，儿子老说我是“坐家”，这样是否可以更名副其实一些呢？我也希望以后和夫人儿子一起，把这些美食再捋上几遍，行万里路，吃万里路。

我还要感谢帮助宣传这本书的几位大侠：

大董先生，他是美食大家，北京烤鸭的代言人，开办的大董烤鸭风靡海内外十数年，外地人、外国人来北京，没吃过大董都不好意思说自己来过北京。

张亮，大家都知道他是演员，在《爸爸去哪儿》第一季时，大家发现，他还是带娃达人。其实，他也是健身达人，厨艺也很惊人。

刘恺威，勤奋又敬业的大帅哥，我组织过一次武夷山访茶活动，他是主角。几天相处下来，感觉他绅士、谦逊又温柔，很多人都会注意形象，我觉得他更注意品格，注重自己有没有让旁人不适。

龚琳娜，我的偶像，她能把中国传统民族声乐发声的各种原理娓娓道来，各种风格都能轻松驾驭，她的很多作品都让人想献上头盖骨。她致力于中国新艺术音乐，探索和传承中国民族音乐。看她的朋友圈，她和老锣都是把生活过成诗的人。

谢谢他们，因为他们的拔刀相助，我感觉自己闪闪发光，仿佛有了特效，虽然我知道，那只是“美颜”。